Ulrike Leistenschneider, geb. 1981, ist in Bingen am Rhein aufgewachsen und zur Schule gegangen. Nach dem Abitur hat sie in Mainz Germanistik, Philosophie und ein kleines bisschen Katholische Theologie studiert. Über München ist sie nach Stuttgart gekommen, wo sie noch immer lebt und arbeitet. Das Schreiben begleitet sie seit ihrer Kindheit.

Isabelle Göntgen, geb. 1977 in Südkorea, ist Diplom-Designerin und arbeitete für die Werbeagentur Saatchi & Saatchi, bis sie sich 2006 als Illustratorin selbstständig machte.

Ulrike Leistenschneider 🐾 Isabelle Göntgen

LIEBE IST EIN NASHORN

oder: Der ~~längste~~ peinlichste Liebesbrief der Welt

KOSMOS
bei CARLSEN

Veröffentlicht im Carlsen Verlag
Oktober 2015
Mit freundlicher Genehmigung des Franckh-Kosmos Verlages
Copyright © 2013, Franckh-Kosmos Verlags-GmbH & Co.KG, Stuttgart
Umschlagbild: Isabelle Göntgen
Umschlaggestaltung und -typographie: formlabor unter Verwendung
der Originalillustration
Corporate Design Taschenbuch: bell étage
Druck und Bindung: CPI books GmbH, Leck
ISBN: 978-3-551-31489-5
Printed in Germany

CARLSEN-Newsletter: Tolle Lesetipps kostenlos per E-Mail!
Unsere Bücher gibt es überall im Buchhandel und auf carlsen.de.

Hey Jan,

~~das hier ist kein Liebesbrief! Ich bin nämlich nicht in dich verliebt.~~
~~Genau genommen war ich noch nie verliebt und ich weiß auch nicht~~
~~so richtig, wie sich das anfühlen soll. So einen Brief anzufangen ist~~
~~irgendwie ganz schön schwer.~~

Ich habe uns nebeneinander gezeichnet, damit du siehst, wie gut wir zusammenpassen. Würden. Im echten Leben stelle ich mich nämlich leider nicht einfach neben dich und sage: „Guck mal, wie gut wir zusammenpassen!" Dazu müsste ich dich ja auch erst mal vor einen Spiegel zerren und der einzige Ort mit Spiegeln an unserer Schule sind die Toiletten und die Umkleiden … Stopp! Das will ich mir lieber nicht vorstellen.

Also, weil ich nie im Leben den Mut hätte, dir zu sagen, wie unglaublich supermegatoll ich dich finde, schreibe ich dir diesen Brief. Und weil ich mich im echten Leben in Wackelpudding verwandele, sobald ich dich sehe, werde ich vermutlich auch niemals den Mut haben, dir diesen Brief zu geben.

Echt blöd, aber so ist das halt. Pinky sagt, ein Junge darf niemals merken, wenn ein Mädchen ihn gut findet. Er soll dafür aber merken, dass er das Mädchen gut findet. Pinky ist ziemlich ausgeflippt, wie du sehen kannst. Ganz anders als ich. In ihrer Schultasche ist gerade mal Platz für ihre Schminke, einen Block und ihr Mäppchen. Ihre Bücher lässt sie meistens in der Schule. Wenn sie mal eins braucht, trägt sie das unterm Arm nach Hause.

das ist Pinky, wer sonst

Pinkys sogen. Schultasch

Aber eigentlich braucht sie selten eins, denn Lernen ist ihrer Meinung nach Zeitverschwendung. Alles Wichtige merkt man sich so und alles, was man sich nicht merken kann, ist auch nicht wichtig, sagt Pinky. Die Lehrer sehen das natürlich ganz anders. Deshalb musste Pinky auch schon eine Ehrenrunde drehen, aber das ist ihr völlig egal. Ganz schön cool, ihre Einstellung, was? Also, ich könnte nie so locker sein. Pinky findet mich immer zu brav. Sie meint, ich solle mir wenigstens auch mal 'ne pinke Strähne färben. Das wär aber ja nachgemacht, deshalb lass ich das. Vielleicht fällt mir mal was anderes ein, was eigenes. Jedenfalls ist Pinky meine beste Freundin, aber ihre Ratschläge finde ich manchmal trotzdem komisch. Warum darf man es einem Jungen nicht zeigen, wenn man ihn mag? Also, ich würde dir sofort sagen, dass du mich total umgehauen hast. Ähm, ja, wenn ich mich das halt trauen würde. Die letzten Jahre muss ich wohl mit Rollläden vor den Augen durch unsere Schule gelaufen sein – anders kann ich mir nicht erklären, weshalb ich dich erst heute richtig wahrgenommen habe.

Es ist der erste Tag nach den Sommerferien. Die Sonne scheint und ich schlendere über unseren Schulhof. Findest du es auch so witzig, dass die Lehrer diesmal ein kleines Fest veranstalten und ihre AGs präsentieren? Ich glaube, das hängt mit diesem Lehrer-Preis zusammen, den Direktor Broll im letzten Schuljahr ausgelobt hat: *Für mehr Engagement an unserer Schule*. Seitdem wetteifern sie geradezu, wer der tollste Lehrer ist. Meine Klassenlehrerin, Frau Sauerwein, scheint mit ihrer Theater-AG ganz weit vorn zu liegen und jetzt hat sie sich zusätzlich noch die „Girl-Power-AG" ausgedacht. Wohl eine

Art Selbsthilfegruppe – natürlich nur für Mädchen, wie der Name schon sagt. Ein paar Fünftklässlerinnen scharen sich um ihren Stand und tragen sich in die Liste ein. Also, ich würde mich in keiner der beiden AGs anmelden, schon allein wegen der Sauerwein. Die ist manchmal ziemlich anstrengend.

Direkt neben Frau Sauerwein wirbt Frau Müller für die Koch-AG.

 Soll ich das mal ausprobieren? Lieber nicht, am Ende denkt meine Familie dann, dass ich sie ständig bekoche. Gerade will ich weitergehen, da trifft mich plötzlich der Blitz, zack! Echt jetzt, so war das! Ich kann mir das auch nicht erklären, weil weder Gewitterwolken noch Starkstromkabel in der Nähe waren. Aber da warst DU! Eigentlich standest du einfach nur bei Frau Müller und hast gar nichts gemacht. Oder doch – du hast sehr nett gelächelt, während der Blitz mich quasi zu Brei püriert hat. Frau Müller hat so eine Suppe für alle gekocht, in die man Buchstabennudeln reinwerfen konnte. Vorher sollte man mit den Nudelbuchstaben ein Wort oder einen Satz legen, irgendwas, das man sich für das neue Schuljahr wünscht. Danach hat man dann eine Tasse von der Suppe bekommen, damit man den Wunsch in sich aufnehmen kann. Ehrlich gesagt hasse ich Nudelsuppe und für eine Koch-AG finde ich Nudelsuppe auch ziemlich armselig, aber was soll's? Du stehst da und wie ein unsichtbarer Magnet zieht es mich plötzlich zur Nudelbrühe. Ich weiß auch schon ganz genau, was ich mir wünsche, und lege das Wort: LOVE

Natürlich mach ich das verdeckt, denn ich möchte nicht, dass jemand dieses peinliche Wort sieht. Schon gar nicht du! Leider kann ich so auch nicht sehen, welches Wort du gerade legst. Ich verhalte mich so unauffällig, dass du mich kaum bemerken kannst, und trotzdem: Wir haben miteinander geredet!

Ja, ich weiß, die Antwort war etwas ungewöhnlich. Aber ich hatte gerade kein E mehr zur Hand und echt jetzt, das weiß doch jeder, dass eine 3 ein E ergibt, wenn man sie spiegelverkehrt hinlegt. Ich verstehe also nicht, warum du mich so komisch angeguckt hast. Und dann drehst du auch noch ohne ein Wort deinen Kopf zur Seite, und zwar zur Kröten-Caro. Sie reicht dir mit zuckersüßem Lächeln ein E, klimpert dazu mit den Augen und sagt mit weich gespülter Stimme: „Bitte schön, Jan!" Bäh! Wenigstens wusste ich ab da deinen Namen, wenn auch aus *ihrem* Mund. Kröten-Caro ist unsere Klassenbeste und leider ziemlich hübsch. Aber wenn du sie küsst, verwandelt sie sich in eine Kröte. Woher ich das weiß? Frag mich nicht. Ich hab sie natürlich nicht geküsst und werde es auch niemals tun, aber ich weiß es halt! Ihr ganzes Getue ist einfach krötenschleimig. O. k., das hört sich jetzt wahrscheinlich tierisch neidisch an. Aber bevor ich so sein will wie sie, verzichte ich lieber auf dich. Schluck! Das fällt mir jetzt echt schwer … aber ich bleibe dabei. Oder wie findest du solche Sätze?

Das hat sie wirklich mal gesagt! So, als wäre sie gerade im Fernsehen. Dabei hatten wir nur Religion bei Frau Müller und sollten uns überlegen, wofür wir im Leben dankbar sind. Kröten-Caro inszeniert sich andauernd, ihr Leben ist ein einziger Auftritt. Deshalb ist sie auch in der Theater-AG – noch ein Grund, dort niemals mitzumachen! Abgesehen davon, dass ich mich auch nicht trauen würde auf einer großen Bühne aufzutreten. Aber dass du jetzt mit dieser Schleim-Kröte lachend weiterziehst, trifft mich mitten in mein armes Herz. Wütend schmeiße ich mein LOVE in die Suppe. Frau Müller will mir gerade eine Kelle von der Brühe ausschenken, da kommt Direktor Broll und brüllt Frau Müller an, was sie da mache. Er findet es nämlich total unhygienisch, wenn alle mit ihren Fingern die Buchstaben anfassen und danach die Suppe essen, in die sie die Nudeln reingeworfen haben. Deshalb muss Frau Müller das Zeug wegkippen und ihren Stand schließen. Toll, jetzt kann ich mein LOVE nicht mal in mich aufnehmen. Und die arme Frau Müller ist im Lehrer-Contest wahrscheinlich gerade ganz weit nach unten gerutscht.

„Frau Müller, was für ein Wort hat denn der Jan eigentlich gelegt?", frage ich noch neugierig. Frau Müller, die gerade den Suppentopf vom Campingkocher nimmt, lächelt mich lieb an. „Er hat „POMMES, 3 €" gelegt, und was war dein Wort?"

„GUTE NOTEN", lüge ich und verziehe mich.

„POMMES, 3 €"? Was soll das denn? Wünschst du dir Pommes an unserem Schulkiosk? Also, das könnte ich wirklich verstehen, aber drei Euro? Das ist ja wohl viel zu teuer! Was hast du dir dabei nur gedacht?

Oh, mein Brief ist schon ganz schön lang geworden, aber irgendwie noch lange nicht fertig. Ich habe das Gefühl, dass ich ewig so weitererzählen könnte. Aber jetzt ist es schon ziemlich spät und ich geh besser mal ins Bett, sonst komm ich morgen nicht raus. Ich schreibe wann anders weiter. Gute Nacht, Jan!

Liebe Lea,
das kann ich ja gar nicht glauben: Meine Tochter ist verliebt! Vielleicht hatte Jan einfach Hunger auf Pommes und hat deshalb das Wort gelegt. Jungs denken sich oftmals gar nichts bei dem, was sie tun. Bitte entschuldige, dass ich einfach hier reingelesen habe, aber das Buch lag so verführerisch auf deinem Schreibtisch. Ich möchte dir noch einen Rat geben: Natürlich darfst du einem Jungen zeigen, wenn du ihn magst. Aber bedenke immer: Wenn wir etwas allzu leicht haben können, schätzen wir es schnell gering. Ich bin immer für dich da!
In Liebe, dein Papa

Dienstag, 10. September

DAS DARF JA WOHL NICHT WAHR SEIN! Wie kann Papa es wagen, einfach in meinem Zimmer rumzuschnüffeln, während ich schlafe? Ich fass es nicht. Und dann legt er mir auch noch so einen Möchtegern-„Ich bin ja so ein verständnisvoller Vater"-Zettel in das Buch. *Jungs denken sich oftmals gar nichts bei dem, was sie tun.* Ja, genau, so wie er! Geht's noch? Warum schreibt er nicht gleich: „Liebe Lea, wenn du peinliche Tipps von deinem noch viel peinlicheren, neugierigen Vater brauchst, bin ich immer für dich da!"

Auf jeden Fall ist jetzt mal klar, dass ich dieses Buch gut verstecken muss. Aber dass ausgerechnet Papa darin rumschnüffelt – damit konnte ich wirklich nicht rechnen. Papa wohnt nämlich eigentlich gar nicht mehr bei uns.

Doch immer schön der Reihe nach. Vielleicht sollte ich dir erst mal meine Familie vorstellen. Das sind sie:

Das ist doch total albern!

Dazu muss ich noch was klarstellen: Natürlich bin ich keine von diesen Voll-Prolls, die ihre Mutter gerne mit „Mudda" anreden. Mudda möchte, dass ich sie so nenne. Und das nur, weil ich als kleines Kind noch nicht richtig sprechen konnte.

Meine Mutter ist Buddhistin und damals hatte ich wohl eine Phase, in der ich sinnlose Reime gemacht habe. Irgendwann hab ich das „Buddha" weggelassen und sie nur noch Mudda genannt. Ja, wenn ein kleines Kind so etwas ruft, finden das alle niedlich. Aber mittlerweile werde ich oft ziemlich böse angeschaut, wenn ich in der Öffentlichkeit Mudda sage. Die Leute denken nämlich, ich gehöre zu denjenigen, die ständig Mudda-Witze reißen. So was wie: „Dei Mudda steht ufm Telefonkabel un glaubd, sie is online." Mudda ist es aber egal, dass Mudda eigentlich ein abfälliges Wort ist. Als ich ihr mal erklärt habe, dass es Mudda-Witze gibt, erwiderte sie nur: „Da steh ich drüber. Ich weiß doch, dass du es nicht so meinst." Seitdem nenne ich sie noch viel lieber und ganz laut Mudda. Manche Leute gucken dann mitleidig, weil sie denken, Mudda habe ein schwer erziehbares Kind. Das macht Mudda allerdings tatsächlich nichts aus. Sie meditiert ziemlich viel. Dabei beamt sie sich in ferne Universen und kommt meistens gelassener wieder zurück. An anderen Tagen ist sie allerdings so aufbrausend wie immer, weshalb sie wiederum meditieren muss. Ein ewiger Kreislauf. Das mit dem Universum ist übrigens auch ihr Beruf. Sie nennt sich *Lebensberaterin*. Andere sagen dazu *Esoterikerin*. Neben ihrer (nicht ganz billigen) Universum-Therapie (keine Ahnung, was da genau passiert) bietet Mudda Tarot, Sterndeutung und Handlesen an. So viel also zu meiner leicht durchgeknallten Mutter.

Papa ist ganz anders als Mudda. Ich glaube, ihre einzige Gemeinsamkeit ist, dass sie sich in Erziehungsfragen relativ einig sind. Leider! Man kann die beiden in dieser Hinsicht echt nicht gegeneinander ausspielen. Ansonsten ist Papa so ziemlich das Gegenteil von Mudda. Er arbeitet bei der Bank und läuft immer in schicken Anzügen herum. Privat ist er aber ganz locker, da trägt er wie die meisten normale T-Shirts und Jeans. Mudda dagegen ist eine totale Ökotante, die nur in Bioläden einkauft und Hippie-Klamotten in Naturfarben trägt – je bunter, desto besser. Pinky findet Mudda voll cool, weil Mudda immer so tut, als wäre sie wahnsinnig jung und unsere beste Freundin. Ich finde das total peinlich!

Es ist ein Naturgesetz, dass alle Eltern peinlich werden, sobald ihre Kinder 13 Jahre alt sind. Da können sie sich noch so anstrengen.

Mudda, solltest du jemals wie Papa hier reinschnüffeln – keine Panik! Ich bin jetzt in der Pubertät und habe in verschiedenen Zeitschriften gelesen, dass es völlig normal ist, in dieser Phase so über seine Eltern zu denken. In ein paar Jahren bin ich wieder anders (kann ich mir zwar gerade nicht vorstellen, aber nehme mal an, es stimmt, was die so schreiben …).

So benehmen sich meine Eltern andauernd. Zum Glück haben sie aber auch ein paar gute Seiten. Papa kann zum Beispiel toll Gitarre spielen. Mudda hat mal erzählt, dass sie sich damals (vor Millionen von Jahren) bei einer Jugendfreizeit am Lagerfeuer in ihn verliebt hat.

Da hat Papa nämlich coole Lieder auf der Gitarre gespielt und laut Mudda war es zu dunkel, um zu erkennen, wie er eigentlich aussah (vorher hat sie ihn anscheinend auch nicht richtig wahrgenommen). Und am nächsten Tag war es dann zu spät, da hatte sie sich schon dermaßen in ihn verknallt, dass sein spießiger Look ihr nichts mehr ausgemacht hat. Ein typischer Fall von „Gegensätze ziehen sich an".

Leider hat Papa in den letzten Jahren immer seltener Gitarre gespielt. Oma Marion (die Mutter von Papa) findet das ganz schlimm. Sie war nämlich früher Musiklehrerin und jetzt reibt sie Papa ständig unter die Nase, wie stolz sie auf seine Schwester Conny ist. Und das nur, weil die bei dem C-Promi-Schlagerstar Hans Goldeisen im Background-Chor singt. Also, ich kann damit nirgendwo angeben, aber Tante Conny bildet sich voll was drauf ein. Weil sie ständig auf Tournee ist, kann sie zu uns Normalos keinen Kontakt halten. Ihr einziges Lebenszeichen in den letzten Monaten war eine Autogrammkarte von Hans Goldeisen, weil sie da angeblich auch drauf zu sehen ist. Na ja, zumindest Teile von ihr!

Oma Marion lebt in Norddeutsch-land und Muddas Eltern wohnen noch weiter weg. Sie sind vor ein paar Jahren nach Nepal ausgewandert und leben dort in einem buddhistischen Kloster. Ich glaube, Mudda würde da auch gern hin, aber aus Rücksicht auf ihre Kinder macht sie es erst mal nicht.

Bei ihrem letzten Besuch hat Oma Marion behauptet, Papa spiele kaum mehr Gitarre, weil er so unglücklich in seiner Ehe sei. Da hat Mudda sie angeschnauzt, dass Papa ja traurige Lieder spielen könne, wenn es ihm so schlecht ginge. Worauf Oma nur ihre beiden Lieblingsworte gesagt hat, nämlich „Ohne Worte!". Einen Tag später ist sie abgereist. Papa spielt seitdem gar keine Gitarre mehr, was wirklich schade ist.

Eigentlich ist es die meiste Zeit so bei meinen Eltern: Während Mudda nach innerer Ausgeglichenheit strebt und ganz viel meditiert, denkt Papa an alles, was mit Geld zu tun hat. Das ist auch gut so, denn sonst hätten wir nicht besonders viel davon. Mudda findet nämlich, dass Geld den Charakter verdirbt. Einmal hat sie Papa überredet mit ihr eine Bergmeditation zu machen. Dabei stellt man sich einen Berg vor und wird angeblich ganz ruhig.

Als sie ihn hinterher gefragt hat, was für einen Berg er sich vorgestellt hat, meinte Papa grinsend: „Einen Berg voller Geld natürlich." Da ist Mudda richtig sauer geworden.

Du bist unmöglich! Du nimmst mich und meine Meditation nicht ernst!

Das erklärt auch fast schon, warum Papa nicht mehr bei uns wohnt. Statt „Gegensätze ziehen sich an" könnte man nämlich auch sagen: „Feuer und Eis vernichten sich."

Das Blöde ist nur, dass wir davon null Komma nix mitgekriegt haben. Mein Bruder und ich wissen beide nicht, warum Mudda und Papa sich eigentlich getrennt haben. Ich meine, so kleine Streitereien kommen doch in den besten Familien vor, oder? Bei uns wurde aber nie so richtig heftig gestritten, jedenfalls kann ich mich an keinen großen Streit erinnern. Alles war immer harmonisch, ehrlich.

Selbst die Trennung von Mudda und Papa verlief total friedlich.

Ich war total geschockt, weil ich bis dahin wirklich keinen blassen Schimmer hatte.

Auch Tim, der nervige Troll, hat nichts gemerkt. Ich nenne meinen kleinen Bruder manchmal Troll, aber nicht, weil er etwa trollig wäre. Dazu ist er mit neun Jahren echt zu groß. Nein, es gibt doch im Internet diese Trolle. Das sind die, die sich überall einmischen und extra

Mist auf eine Seite schreiben, damit sich andere darüber aufregen oder genervt sind. Tim erzählt auch ganz schön viel Mist. Am besten aber gefällt mir, wie er sich aufregt, wenn ich ihn Troll nenne. Dann stampft er nämlich oft wie Rumpelstilzchen mit dem Fuß auf, und dieses kleine Wesen ist doch auch so was wie ein Troll. Also ist der Spitzname absolut berechtigt. Seit ich ihm das mal gesagt habe, stampft er leider nur noch sehr selten mit dem Fuß auf.

Na ja, jedenfalls meinten Mudda und Papa, dass sie sich auseinandergelebt hätten. So was kommt wohl oft in Beziehungen vor und dann trennt man sich eben. Sie wollen aber trotzdem Freunde bleiben, alles ganz easy. „Wir haben das wie erwachsene Menschen in Ruhe gelöst, damit ihr keinen Schaden davontragt", sagte Mudda. Das fand ich dann doch rücksichtsvoll. Die Eltern von meiner Freundin Paula sind nämlich schon lange getrennt und sie hat mir mal erzählt, dass sie damals zum Kinderpsychologen musste, weil sie nichts mehr gesprochen hat. Sie war erst drei Jahre alt, aber sie ist überzeugt, dass ihr Selbstbewusstsein von der ganzen Schreierei einen Knacks bekommen hat (ob sie deshalb überlegt, in die „Girl-Power-AG" zu gehen?). Jedenfalls ging es damals wohl nicht so sehr um Paula, denn heute wohnt ihr Vater in einer ganz anderen Stadt und sie sieht ihn kaum noch. Mein Papa hingegen sagte: „Ich wohne ja nur eine Etage tiefer und werde weiterhin immer für euch da sein."

Das ist zwar sehr schön, aber wie du siehst, nimmt er sein Versprechen viel zu ernst! Und zeigt das auch noch in unerwünschten Briefen an seine Tochter. Obwohl Papa aus unserer schönen Altbauwohnung ausgezogen ist, hängt er trotzdem ständig bei uns ab.

Ich weiß zwar nicht, ob das bei einer Trennung gut ist, wenn man sich noch genauso oft sieht wie vorher, aber den beiden ist wichtiger, dass es Tim und mir gut geht. Klappt irgendwie sogar. Nur dass sie vor uns nicht streiten, ist echt hart. Nicht dass ich besonders scharf darauf wäre, mitzubekommen, wie sie sich anbrüllen. Aber momentan reden sie nur das Nötigste miteinander und das finde ich noch viel schlimmer.

Heute Morgen beim Frühstück zum Beispiel: Nur die Löffel klappern in den Müslischalen, ansonsten hängt ein bedrückendes Schweigen über unserem Küchentisch. Genau der richtige Zeitpunkt, um meiner miesen Laune Luft zu machen.

„Was fällt dir eigentlich ein, einfach fremde Briefe zu lesen?", frage ich Papa mit zusammengekniffenen Augen. Ich hoffe, so bedrohlicher auszusehen. Offenbar mit Erfolg. Papa senkt schuldbewusst seinen Kopf so tief in seine Müslischale, dass danach eine Haferflocke an seiner Nasenspitze klebt. „Tut mir leid", murmelt er und schiebt sein altbekanntes „Ich bin immer für dich da. Das wollte ich dir damit nur sagen" hinterher. Wie soll man einen Papa mit einer Haferflocke an der Nase ernst nehmen? „Du hast da was", sage ich, und bevor der Troll anfangen kann zu lachen, wischt sich Papa schnell mit der Hand durchs Gesicht.

Mudda steckt sich einen großen Löffel von ihrem Frischkornbrei in den Mund. Sie hat ein buntes Tuch um ihre Haare geschlungen und sieht wieder voll öko aus. „Du darfst dein Tagebuch nicht so offen herumliegen lassen", sagt sie zu mir. Das soll sich wohl verständnis-

STOP

Betreten
verboten

voll anhören. Knapp daneben ist aber leider auch vorbei. Ich funkele sie wütend an. „Keine Sorge, das wird nicht mehr passieren! Ab sofort ist mein Zimmer Sperrzone für euch alle." Noch heute werde ich ein großes Schild an meine Tür hängen. So kann es schließlich nicht weitergehen.

„Du hast ein Tagebuch?", erkundigt sich Tim und grinst interessiert.

„Es ist kein Tagebuch", knurre ich. „Und außerdem habe ich es inzwischen gut versteckt, du Troll."

„Ich werde es trotzdem finden, wetten?", sagt Tim herausfordernd und ärgert sich nicht einmal über den *Troll*. Hilfe suchend gucke ich zu Mudda und Papa, aber die beiden sind mit ihrem Frühstück beschäftigt oder tun zumindest so, als würden sie nichts von Tims gemeinen Absichten mitbekommen. „Wenn niemand mehr dein Zimmer betreten darf, musst du es selbst sauber machen", sagt Mudda kauend. „Du bist ja jetzt alt genug."

Klar! Wenn es um so etwas geht, bin ich immer groß genug. Manchmal macht mich diese Familie einfach fertig!

Heute bin ich extrem gut gelaunt in die Schule gegangen – nein wirklich, ich war richtig froh von meinen Familienmitgliedern wegzukommen. Und außerdem: neuer Schultag, neues Glück. Das Glück, dir begegnen zu können. Hoffentlich!

Mudda sagt, wenn man sich etwas ganz doll wünscht, dann muss man diesen Wunsch loslassen und ihn ins Universum schicken. Als ich klein war, haben wir manchmal zusammen Wunschraketen in den Himmel geschossen. Meistens vor Weihnachten. Das ging so: Ich habe eine Rakete gemalt und dann haben wir uns ans offene Fenster gestellt. Mudda hat eine Wunderkerze angezündet. Während ich das kleine Funkenfeuerwerk bestaunt habe, hat sie heimlich das Bild hinter ihrem Rücken verschwinden lassen. Danach hat sie behauptet, dass die Rakete jetzt im Universum unterwegs sei, um meinen Wunsch zu erfüllen. Manchmal schieße ich auch heute noch Wunschraketen in den Himmel, aber nur gedanklich. (Es gibt nämlich keine Wunderkerzen mehr bei uns, seit Mudda gelesen hat, dass die Teile giftige Dämpfe entwickeln können.) Gestern Abend jedenfalls habe ich vor dem Schlafengehen noch eine Rakete losgeschickt und mir einen Kuss von dir gewünscht. Mal sehen, ob es klappt. Die meisten Wünsche scheinen sich nämlich irgendwo im Weltall zu verirren. Jedenfalls

erfüllen sie sich nicht wirklich oft (das war schon früher so). Mudda behauptet, ich hätte eben viele Fehlzündungen und dass jeder unerfüllte Wunsch seinen Sinn hat. Sie glaubt einfach ganz fest an die Energien des Universums und hat viele Bücher darüber gelesen.

Aus denen schreibt sie auch immer die Lebensweisheiten für ihre Website ab. Als Lebensberaterin hat sie natürlich ihre eigene Homepage und auf der Eingangsseite bringt sie jede Woche einen neuen Mutmach-Spruch:

Genießen Sie das Leben in vollen Zügen, bevor der Zug abgefahren ist.

Dieser Satz stammt von mir, aber Mudda will ihn nicht auf ihre Homepage schreiben, weil sie ihn albern findet. Sie sagt, die Leute, die zu ihr kommen, sind ernsthaft verwirrt und unglücklich und brauchen die Hilfe des Universums. Also, mich würde das ja eher noch mehr verwirren … na ja, viele Patienten hat Mudda ehrlich gesagt nicht und ich habe das Gefühl, es werden immer weniger. In letzter Zeit ist öfters mal einer abgesprungen.

Auf jeden Fall erfüllt einem das Universum angeblich den Wunsch, wenn man sich nicht mehr mit ihm beschäftigt. Im Klartext heißt das eigentlich nur, dass die Dinge meistens dann passieren, wenn man überhaupt nicht damit rechnet. So ähnlich war das heute Morgen auch bei mir. Eigentlich dachte ich, dass ich dich erst in der großen Pause sehen würde. Aber dann – Pinky und ich laufen gerade die Treppe zu unserem Klassenzimmer rauf – da kommst du mit einem Freund von oben runter. Keine Ahnung, was ihr da wolltet, aber es waren die schönsten zehn Sekunden meines Tages! Ein Junge versucht dir von hinten auf den Rücken zu springen und schmeißt dich dabei fast um. Du hältst dich am Treppengeländer fest, fährst dir mit einer Hand durch deine hellbraunen Haare und lachst. „Ey, Yasar, Alter, lass das!", rufst du und dabei schaust du zu mir. ZU MIR!

Ich glaub, ich werd nicht mehr. In Sekundenschnelle verwandle ich mich von einer Salzsäule zum Wackelpudding und stolpere fast rückwärts die Treppe runter. Pinky hält mich gerade noch fest. „Alles klar?", fragt sie, doch der Ton in ihrer Stimme erwartet keine Antwort. Stattdessen sagt sie jetzt das schier Unglaubliche: „Hey, Jan."

WAS? Du nickst ihr zu. Und dann sind die zehn Sekunden auch schon rum.

Diese Begegnung wiederholt sich von nun an alle zwei Minuten in meinem Gehirn, und zwar in Zeitlupe. Ich kann mich gar nicht auf die Deutschstunde bei Frau Sauerwein konzentrieren. Es ist die erste Stunde und sie erzählt uns irgendwas über das neue Schuljahr. Im Februar sollen wir ein zweiwöchiges Schülerpraktikum machen und bis Dezember müssen wir wissen, wo wir hinwollen. Ich habe noch keine Ahnung, aber irgendwas wird mir schon einfallen. Vielleicht bewerbe ich mich im Kino, dann kann ich immer die Filme umsonst sehen. Hinter mir schwätzen Julia und Paula so ausgiebig über die Ferien, dass ich bald das Gefühl habe, auch auf Korsika und in Dänemark gewesen zu sein. Dann teilt Frau Sauerwein den neuen Stundenplan aus und schließlich will sie auch schon mit dem ersten Thema loslegen: *Bildbeschreibungen*. Christoph, ein vorlauter Oberstreber, sagt, dass in der BILD doch schon alles beschrieben stehe, aber keiner lacht über diesen schlechten Witz. Seit Chris in der Schülerzeitung mitmacht, liest er die Bildzeitung! Ich glaube, er ist tatsächlich auf den Slogan „Bild bildet" reingefallen.

„Christoph, wenn du das nächste Mal etwas zum Unterricht beitragen möchtest, rate ich dir, zuvor deinen Finger in die Luft zu strecken", sagt Frau Sauerwein streng. „Und den anderen empfehle ich das ebenfalls. Auch dir, Paula. Es wäre mir eine Ehre, wenn du mit mir so viel reden würdest wie mit Julia."

Ich drehe mich zu Paula um, die sich verlegen durch ihre Locken fährt. Verschwörerisch verdrehe ich die Augen, um ihr zu zeigen, wie daneben ich Frau Sauerwein finde.

„Mündliche Mitarbeit ist ein wesentlicher Bestandteil eurer Gesamtnote", fährt Frau Sauerwein fort. „Wer zu schüchtern ist, sollte einmal über einen Kurs für mehr Selbstbewusstsein nachdenken. Den Mädchen möchte ich noch mal meine AG „Girl-Power" nahelegen. „Für mehr Eigenverantwortlichkeit, Mut und Größe." Und dabei bleibt ihr Blick an mir hängen. Klar!

„Ey, warum guckt die mich an?", empört sich Pinky leise neben mir. „Ich brauch so ein dusseliges Selbstbewusstseinsding nun wirklich nicht."

„Das galt doch mir", raune ich zurück. Frau Sauerwein hat genau drei Schüler im Visier, wenn es um Schüchternheit geht: Paula, Frido und mich. Frido hat sie letztes Jahr schon überredet in der Theater-AG mitzumachen, aber an mir und Paula beißt sie sich noch die Zähne aus.

„So, dann fangen wir mal an." Frau Sauerwein zieht ein Gemälde hervor, auf dem eine Tischgesellschaft am Strand zu sehen ist. An einem festlich gedeckten Tisch hat eine schick gekleidete Frau Platz genommen und links und rechts von ihr sitzen zwei Männer in Anzügen und spielen Geige. Hinter der Frau steht ein Kellner und schenkt ihr Wein ein.

„Was seht ihr auf diesem Bild?"

Das muss eine Fangfrage sein, oder? Ich meine, ich will mich ja melden. Aber jetzt die Hand zu heben, um etwas zu sagen, was sowieso alle sehen, ist mir wirklich zu blöd. Oder soll ich? Doch da hat Frau Sauerwein auch schon Kröten-Caro drangenommen. Und die gibt genau das wieder, was mir zwanzig Sekunden zuvor durch den Kopf gegangen ist. Ganz toll! Schon schweifen meine Gedanken ab. Ich kann einfach nichts dagegen tun. Ständig habe ich nur ein Bild vor mir, und zwar deinen Blick: Den kann ich auch genau beschreiben. Neugierig und trotzdem zurückhaltend, so hast du mich angesehen, als würdest du mich von irgendwoher kennen. Ha, wer braucht schon das Thema Bildbeschreibungen? Pinky neben mir gähnt und da erscheint plötzlich ein kleines graues Monster in meinem Kopf und flüstert: *Hat Jan überhaupt Lea angesehen?*

Eigentlich bin ich mir ganz sicher, aber warum hat Pinky dich gegrüßt? Voll doof, normalerweise kann ich mit Pinky über alles reden. Aber vorhin hab ich mich einfach nicht getraut sie zu fragen, woher ihr euch kennt. Vielleicht läuft da was zwischen euch und ich hab es einfach nicht mitbekommen? Die Sommerferien waren ja lang genug – oh Gott …

Das wäre einfach nur grausam! Hoffentlich sehen wir dich in der großen Pause und ich kann herausbekommen, was genau zwischen euch abgeht. Vielleicht habe ich ja doch noch Chancen bei dir.

Wir sehen dich nicht! Das Universum muss mich falsch verstanden haben. Oder konzentriert sich das Universum einfach mehr auf Pinky, Paula und Julia? Die wollen die ganze Pause hinten auf unserer Mauer sitzen und über die Sommerferien quatschen. War Paula wirklich nur zwei Wochen oder 200 Jahre lang auf Korsika? Mittlerweile weiß ich, dass sie 28 Mückenstiche hatte und in einer Nacht das Klopapier auf dem Campingplatz alle war. „Iiih, bitte erspare uns weitere Details!", werfe ich ein. Meine Freundinnen lachen. Was hast du eigentlich die letzten sechs Wochen gemacht, Jan? Also, ich habe mein Zimmer umgeräumt und eine Wand knallbunt angemalt. (Das fand Mudda gut, sie hat mir extra Ökofarben dafür besorgt.) Sämtliche Spielsachen, die ich noch hatte, sind rausgeflogen. Sogar mein Hase „Schnuffel", ohne den ich normalerweise nicht einschlafen kann. Es dauerte über eine Woche, bis ich mich daran gewöhnt hatte, aber ich habe durchgehalten. Fühle mich schon ziemlich erwachsen! (Na gut, unter meinem Bett steht eine kleine Notfallkiste, in der Schnuffel begraben liegt, weil ich es nicht übers Herz gebracht habe, ihn ganz rauszuschmeißen. Habe die Kiste jedoch noch nicht angerührt!)

Pinky, Paula und Julia reden jetzt über irgendeinen Manga, der total abgefahren sein soll. Normalerweise höre ich mir das gern an. Ich sitze auch wirklich gern auf der Mauer mit den bunten Graffiti. Sie ist für uns der coolste Ort der Schule ... aber all das ist mir gerade ziemlich egal! Wo bist du? Ich spähe über den Schulhof. Die Worte meiner Freundinnen rauschen wie eine Klospülung an meinen Ohren vorbei, irgendwas von Geburtstag und Party kommt jetzt darin vor. Als es klingelt, fällt Julia und Paula ein, dass sie noch aufs Klo wollten, und sie rennen davon. Endlich hab ich Pinky mal ein paar Minuten für mich allein.

„Hast du Lust auf Shoppen am Wochenende?", fragt sie, während wir die Treppe zur Klasse hinaufgehen.

Ich nicke und dann, weil ich das Gefühl habe, dass ich platze, wenn ich es nicht tue, nehme ich meinen ganzen Mut zusammen. „Woher kennst du eigentlich Jan?"

„Welchen Jan?"

„Na, dem wir vorhin begegnet sind."

„Hä?" Pinky guckt wie ein Auto und ich weiß gar nicht, wie ich es beschreiben soll, aber das ist wohl mein zweitschönster Moment an diesem Tag. Offensichtlich erinnert sich Pinky gar nicht an die Begegnung mit dir oder sie spielt mir was vor. Aber dann wäre sie eine verdammt gute Schauspielerin und hätte die Hauptrolle im diesjährigen Schultheaterstück verdient. Aber genauso wenig wie ich würde sie jemals freiwillig in die Theater-AG gehen. Mein Herz macht einen kleinen Hüpfer. Wenn Pinky sich nicht verstellt, dann ist ja wohl alles klar. Du bist ihr vollkommen egal.

„Na, der Typ auf der Treppe. So ein anderer ist ihm auf den Rücken gesprungen."

Endlich schnallt Pinky, wen ich meine. „Ach der! Jan Wildemann?" Ihrem plötzlichen Grinsen nach schnallt sie leider noch viel mehr. „Der ist süß, was?"

Ich werde rot und nicke, weil sich vor Pinky eben nichts verbergen lässt. Seit sie vor einem Jahr in unsere Klasse gekommen ist, fühle ich mich mit ihr einfach verbunden. Wieder so ein Fall von „Gegensätze ziehen sich an". Pinky findet uns cool und sie zieht bei jeder Gelegenheit ihr Handy hervor, um das festzuhalten. Leider hat sie ein Smartphone, das superscharfe Bilder macht – nicht immer zu meinem Vorteil.

Das Besondere an Pinky ist aber nicht, dass sie schwarze Haare mit einer pinken Strähne hat, sondern dass sie voll oft meine Gedanken lesen kann. Manchmal ist das richtig unheimlich, so wie jetzt. „Ist aber überhaupt nicht mein Typ, keine Angst", sagt sie und grinst mich lieb an. „Wir waren in der gleichen Klasse, aber ich hatte nichts weiter mit Jan zu tun. Der spielt den ganzen Tag nur Fußball, glaube ich." Ihr fällt noch was ein. „Er ist übrigens in der Theater-AG, hab ich gehört." Sie krallt plötzlich ihre schwarz lackierten Fingernägel in meine beiden Oberarme und schüttelt mich aufgeregt. „Da musst du auch rein, Lea!"

„Was?" Wieder hüpft mein Herz, diesmal allerdings vor Entsetzen. Pinky muss komplett verrückt sein. Ich und schauspielern? Ich bin doch EXTREM schüchtern. Wie du gerade sehen konntest, nehmen die Lehrer schon jemand anderes dran, bevor ich überhaupt den Arm hebe. Und wenn ich vor der Klasse was sagen muss, dann verhaspele ich mich, weil ein akuter Zitteranfall die Worte in meinem Kopf kreuz und quer kullern lässt. Und jetzt rüttelt gerade Pinky meine Gedanken ordentlich durcheinander. Ach, was rede ich da, sie stellt mein ganzes Leben auf den Kopf. „Da lernst du den Jan kennen, hundertpro!", sagt sie verheißungsvoll. „O. k., du könntest auch einfach so zu ihm gehen. Aber dann würde er merken, dass du ihn gut findest. Und wenn ein Junge weiß, dass ein Mädchen ihn toll findet …"

„Dann schätzt er es gering?", vollende ich fragend den Satz und muss an Papa denken.

Pinky starrt mich kurz mit offenem Mund an. „Äh, ja, so ähnlich. Ich hätte jetzt gesagt, er schaut das Mädchen von hinten nicht mehr an. Es ist dann einfach unspannend für ihn. Jungs wollen jagen, glaub mir. Und welches Reh würde sich schon freiwillig vor die Flinte des Jägers schmeißen?"

Ich?

Äh, 'tschuldigung, darf ich deine Beute sein?

So ein Quatsch! Ich will doch nicht von dir erschossen werden. Aber Pinky macht mir klar, dass das nur ein Bild ist. „Jungs wollen

Mädchen erobern. Also musst du ihm zumindest das Gefühl geben. Das heißt, du bist einfach immer da, wo er ist, aber so, dass es nach Zufall aussieht. Und dafür ist die Theater-AG ja wohl perfekt. Er wird nie im Leben darauf kommen, dass du wegen ihm da reingegangen bist. Denk immer an meine Regel Nummer 1: Ein Junge darf niemals merken, wenn ihn ein Mädchen gut findet!"

Habe ich mal gesagt, dass ich niemals in die Theater-AG gehen werde? Nun, Meinungen ändern sich. Gestern habe ich Frau Sauerwein und Frau Müller gefragt, ob ich mitmachen kann. Frau Sauerwein leitet ja die AG und Frau Müller hilft ihr jetzt dabei, weil sich niemand für die Koch-AG angemeldet hat. Die beiden haben sehr unterschiedlich reagiert.

Ja, ich weiß, Girl-Power … Mit hochrotem Kopf habe ich gestottert, dass ich mir Mühe geben werde, nicht mehr schüchtern zu sein, und hab es geschafft: Frau Sauerwein hat mir das Skript gegeben und gesagt, dass ich es bis Montag lesen soll und wir dann über meine Rolle reden. Das sind über 100 Seiten, ich bin fast ausgerastet! Wer tut sich denn so was freiwillig an, du etwa? Erst wollte ich Pinky das Shoppen am Wochenende absagen, aber sie hat mich überredet, dass wir es auf fünf Stunden abkürzen. Also habe ich heute schon mal angefangen zu lesen und ich muss sagen, die Geschichte ist der Hammer. Es geht um eine Vampir-Prinzessin, die auf einer Burg lebt und mit einem anderen Vampir verheiratet werden soll. Aber dummerweise hat sie sich in einen Menschensohn verliebt. Irgendwie kommt mir die Geschichte bekannt vor. Wenn ich nur wüsste, wo ich schon mal so was Ähnliches gelesen habe. Auf jeden Fall hat die Vampir-Prinzessin ein Problem: Sie braucht ständig frisches Blut. Und damit sie nicht ihren Liebsten beißen muss, überlegt sie, ob sie stattdessen ihr letztes Huhn schlachten soll, ihr Lieblingshuhn. Am Ende bringt sie das aber zum Glück nicht übers Herz, sondern entscheidet sich dafür, ihr Dasein als Vampir aufzugeben. Sie löst sich von ihrer Familie, was sehr traurig ist, aber dafür hat die Liebesgeschichte ein Happy End. Sag mal, Jan, gefällt dir das Stück auch so gut wie mir? Ich hatte es tatsächlich an einem Nachmittag durchgelesen, so spannend fand ich es. Und mir war auch sofort klar, welche Rolle ich spielen werde. Zur Sicherheit habe ich an meine Zimmertür noch ein zusätzliches Schild „Bitte nicht stören" gehängt. Und dann ging's los! Mann, ich war so drin in meiner Rolle, dass ich alles um mich herum vergessen habe.

Wie peinlich! Vor lauter Schreck hab ich Mudda angebrüllt, ob sie nicht lesen könne? „Ich will nicht gestört werden!" Da hat sie total beleidigt die Tür hinter sich zugezogen.

Echt, in dieser Familie kann man nicht mal in Ruhe die Hauptrolle eines Theaterstücks einstudieren. Die Schilder an meiner Tür sind jedenfalls nicht besonders wirkungsvoll. Ich werde wohl noch eins hinhängen. Irgendwann muss meine Familie es einfach kapieren! Dieses Schild hier müsste doch eindeutig sein, oder?

Freitag, 13. September

Heute hatten wir in der dritten Stunde Englisch bei Frau Sauerwein. Am Ende hat sie uns doch tatsächlich gefragt, ob wir Lust hätten, mit ihr ins Freibad zu gehen. Ich kann echt nicht glauben, dass sich diese Frau vor uns ausziehen würde, nur um diesen Lehrer-Preis abzustauben. Oder hat sie einfach kein Privatleben und will deshalb mit uns abhängen? Das Wetter sei so schön und man müsse doch die letzten Sonnenstrahlen genießen. Zuerst waren wir alle ziemlich begeistert. Doch als sich herausstellte, dass wir erst nach der Schule gehen würden, hat sich schnell einer nach dem anderen eine Ausrede überlegt. Nur mir ist mal wieder so auf Kommando nichts eingefallen.

Frau Sauerwein hat ziemlich sauer geguckt und mich mit hochgezogenen Augenbrauen gefragt, welche Schweine ich denn zu Hause hüten müsste? Frido lebt nämlich auf einem Bauernhof. Na ja, jedenfalls hat Frau Sauerwein gemerkt, dass wir wohl alle keine Lust haben, mit ihr ins Freibad zu gehen, und plötzlich haben wir einen Englisch-Test geschrieben. Und Chris behauptet jetzt, das sei meine Schuld, weil ich bei fast jeder Ausrede „Ich auch" gerufen habe und damit alles aufgeflogen sei. Ich hatte halt Angst, dass Frau Sauerwein es vielleicht nicht hören würde und ich am Ende mit ihr allein ins Schwimmbad gehen müsste. Natürlich nicht ganz allein – Kröten-Caro wäre auch noch dabei gewesen.

Au ja, Freibad! Eine tolle Idee, Frau Sauerwein.

Juhu, Wochenende! Gleich kommt Pinky und wir gehen shoppen. Der Troll hat schlechte Laune, weil seine beiden besten Freunde nicht da sind und ihm langweilig ist. Dabei hat er heute Nachmittag ein Fußballspiel mit seinem Verein. Aber bis dahin sind halt noch ein paar Stunden. Und da hat er mich tatsächlich gefragt, ob er mit uns kommen kann. Der spinnt wohl! Ich hab bestimmt keine Lust, meine Zeit in der Star-Wars-Abteilung im Spielzeugland zu verbringen. „Geh doch auf den Knutsch-Spielplatz", sage ich mit einem fiesen Grinsen. Die meisten Kinder aus unserer Gegend spielen woanders, denn der Knutsch-Spielplatz ist schon etwas heruntergekommen und liegt versteckt im Park. Weil dort immer viele Jugendliche abhängen und eben auch Pärchen, die rumknutschen, nennen ihn alle so. Pinky ist auch manchmal da, wenn sie einen neuen Freund hat. Ich meide diesen Treffpunkt eher und dreimal darfst du raten, warum: Genau, weil ich niemanden zum Knutschen habe. Aber selbst wenn ich jemanden hätte (zum Beispiel dich 🙂), würde ich nie dorthin gehen. Und der Troll auch nicht, der findet Küssen bestimmt noch total eklig.

Auf jeden Fall ist er jetzt stinksauer, weil ich ihn nicht mit in die Stadt nehme. Er hat sogar gedroht, dass er nach meinem Tagebuch sucht, wenn ich weg bin. Mir egal, ich hab ein Spitzen-Versteck. Zur Sicherheit klebe ich noch ein Haar zwischen meine Zimmertür und den Türrahmen. Wenn es nachher eingerissen sein sollte, weiß ich, dass der Troll hier herumgeschnüffelt hat. Und dann kann er was erleben! Während ich das schreibe, steht Pinky schon in meinem

Zimmer und – ach du meine Güte, ich fall fast von meinem Schreibtischstuhl: Pinky hat sich ein Piercing stechen lassen! Sie grinst mich an und sagt: „Das ist ein Fake! Hab ich im Internet bestellt. Sieht richtig echt aus, was?"

Ich nicke bewundernd. „Krass! Ist deine Mutter nicht in Ohnmacht gefallen?"

„Sie hat es gar nicht bemerkt. Aber sie würde mir trotzdem nie erlauben eins stechen zu lassen. Weil sie voll spießig ist." Pinkys Eltern sind beide Unternehmensberater und ständig auf Geschäftsreisen. Früher hatte Pinky eine Kinderfrau, aber seit sie 14 ist, halten ihre Eltern sie für selbstständig genug. Jetzt gibt es nur noch eine Köchin und eine Putzfrau. Pinkys Eltern legen viel Wert auf anständiges Benehmen und ordentliches Aussehen in der Öffentlichkeit. Dass ihre Tochter so mangamäßig drauf ist, finden sie gar nicht gut, aber weil sie selten da sind, haben sie nicht mehr so richtig die Kontrolle darüber. Deshalb klammern sie sich quasi an den letzten Strohhalm und geben Pinky nicht die Unterschrift für ein echtes Piercing. Und ohne Unterschrift der Eltern geht in dem Alter noch nichts im Piercingstudio. Erst ab 18!

Jedenfalls widersprechen sich Pinkys Eltern ein bisschen, weil sie sich einerseits so anstellen, sich aber andererseits gar nicht so richtig für ihre Tochter interessieren. So stellt es Pinky zumindest immer da und ich glaube, sie leidet auch ein bisschen darunter. „Deine Mutter würde dir bestimmt ein Piercing erlauben", meint sie jetzt.

Haha! Das können wir gern mal austesten! Wir gehen ins Wohnzimmer, wo Mudda auf ihrem Yogakissen sitzt und meditiert. Sie ist gewöhnt dabei gestört zu werden und ärgert sich deshalb nicht wirklich, als wir reinplatzen. „Na, Mädels, geht's jetzt auf große Shoppingtour?", ruft sie, als wäre sie selbst 13 Jahre alt. Kurz habe ich ein bisschen Angst, dass sie auch mitkommen will. Da schaut sie auf Pinkys Unterlippe. „Wow, Pinky, cooles neues Piercing! Das steht dir spitzenmäßig!"

Jetzt kommt mein Auftritt. „Ja, finde ich auch. Und deshalb will ich mir auch eins stechen lassen."

Muddas Grinsen gefriert für Sekunden in ihrem Gesicht, dann lässt die Schockstarre wieder nach. „Also, das fände ich auch total super, Lea", beginnt sie langsam. „Aber weißt du, wenn du dir so was stechen lässt, hast du ein Loch in der Lippe, und wenn du dann das Piercing mal nicht mehr haben willst, läuft beim Trinken immer alles raus."

Schon klar! Wann hört Mudda eigentlich auf zu denken, dass ich fünf Jahre alt bin und ihr jeden Mist glaube? Das weiß ja wohl jeder, dass da allenfalls 'ne fette Narbe zurückbleibt. Deshalb würde ich mir auch nur ein Piercing machen lassen, wenn ich ganz sicher wäre es für immer zu behalten. Im Moment möchte ich aber gar kein Piercing. Ich wollte Pinky ja nur beweisen, wie uncool Mudda ist!

„Ich würde mein Piercing nie wieder wegmachen", sagt Pinky überzeugt. „Das ist übrigens nur ein Fake", fügt sie noch hinzu und Mudda sieht richtig erleichtert aus.

„Das ist gut", meint sie. „Wer sich ein Piercing stechen lässt, sollte sich darüber im Klaren sein, dass er die Energiebahnen in seinem Körper verletzen kann. Und wenn der Energiefluss aus dem Gleichgewicht gerät, dann …"

Wir hauen schnell ab, bevor Mudda uns einen Gesundheits-Vortrag halten kann. Obwohl ich jetzt bewiesen habe, dass Mudda mir kein Piercing erlauben würde, ändert das nichts an Pinkys Meinung über sie. „Deine Mutter ist saunett, ich würde sofort mit dir tauschen", sagt sie, als wir in der Stadt den ersten Schuhladen betreten und sie sich sofort auf neonorange High Heels stürzt. „Nur 35 Euro, cool!", ruft sie und sucht im Regal nach ihrer Größe. Als sie den untersten Karton herauszieht, fallen bestimmt fünf weitere polternd zu Boden. Die Verkäuferinnen gucken schon ganz böse, doch Pinky hat einen ziemlich hohen Peinlichkeitslevel. Während ich am liebsten sofort aus dem Laden flüchten würde, probiert sie völlig ungerührt die Schuhe an. Mit dem Absatz kann man vermutlich anderen Leuten ein Loch durch den Fuß bohren. „Cool, die passen perfekt." Ein wenig erinnert es an Stelzenlauf, wie sie so vor dem Spiegel auf und ab stakst. Aber es ist mal wieder typisch. Wir sind im ersten Laden und Pinky hat sofort was gefunden. Es ist nicht so, dass ich nichts finden würde, wenn wir durch die Geschäfte gehen, aber ich muss mir immer ganz genau überlegen, was ich kaufe. Ich habe schließlich nicht so viel Taschengeld. Pinky dagegen haut die Kohle oft einfach so raus. Ihre Eltern achten nicht wirklich drauf, weil sie ziemlich reich sind. Deshalb kauft Pinky die High Heels auch ganz spontan und behält sie gleich an. „Dann kann ich sie schon mal einlaufen", meint sie. Das allerdings ist keine gute Idee.

43

Fast hätten wir wegen Pinkys Lauftraining richtig Streit gekriegt.
Das sind nämlich ihre ersten High Heels überhaupt. Die Einkaufs-
straße unserer Stadt ist aber nicht der Laufsteg einer Modelshow und
deshalb zum Üben völlig ungeeignet. Pinky sah aus wie ein Storch
in Zeitlupe. Nach zehn Minuten haben ihr die Füße wehgetan. Zum
Glück hat sie dann nachgegeben, sonst hätten wir in den fünf Stunden nicht besonders viele Läden geschafft. Als sie die Dinger wieder
ausgezogen hatte, konnten wir dann aber losrennen und alle Geschäfte abklappern, die wir uns vorgenommen hatten. Wir waren
sogar fast eine Stunde lang in unserem Lieblingscomicladen. Ich
finde Comics total cool, am liebsten würde ich später gern Comiczeichnerin werden. Wie du dir vielleicht schon denken kannst.

Im Bastelgeschäft habe ich dann noch ein Perlenset gekauft. Wenn ich nämlich keine Comiczeichnerin werde, dann irgendwas anderes mit Kunst, zum Beispiel Schmuckdesignerin. Den Rest des Tages waren wir in ungefähr 138 Klamottenläden, davon vermutlich 88 Mal bei H & M. O. k., so viele H-&-M-Shops gibt es in unserer Stadt natürlich nicht, aber wenn wir zusammenzählen, wie oft wir rein- und rausgelaufen sind, weil Pinky das Shirt von ganz am Anfang am Schluss dann doch haben wollte … Aber egal, du bist ein Junge, Jan, ich kürze unsere Shoppingtour für dich mal lieber ab: Pinky hat am Ende passend zu ihren High Heels ein schwarzes Kleid gefunden, auf dem neonorange Einhörner und Totenköpfe abgebildet sind. Ein abgefahrenes Teil! Ich würde mich niemals trauen so was anzuziehen. Aber Pinky war total glücklich und meinte, dass sie es auf ihrer Geburtstagsparty in zwei Monaten anzieht. Ich habe mir schwarze Stoffschuhe und einen schwarzen Schal mit weißen Sternchen gekauft, außerdem ein cooles buntes Shirt, das ich am Montag anziehe. Damit werde ich dein Herz im Sturm erobern, yeah! Die Theater-AG kann kommen!

Morgen früh bin ich mit Paula und Julia im Schwimmbad verabredet. Mit den beiden bin ich nicht so eng wie mit Pinky befreundet. Manchmal nerven sie nämlich. Paula hat schlimmere Komplexe als ich und braucht ständig jemanden, der sie vom Gegenteil überzeugt. Und Julia hat so einen „War-doch-nur-Spaß"-Tick. Sie findet das witzig. Manchmal reiht sie mehrere „War-doch-nur-Spaß" hintereinander und man muss mitzählen, um herauszufinden, ob sie etwas ernst meint oder nicht. Wenn sie zwei Mal „War doch nur Spaß" sagt, heißt das nämlich, dass es kein Spaß war, bei drei Mal war es dann wieder Spaß, bei vier Mal doch nicht und so weiter … echt anstrengend!

Na ja, aber im Großen und Ganzen sind die beiden schon sehr nett, sonst würde ich ja nicht mit ihnen abhängen.

Pinky geht nicht gern schwimmen und morgen früh hat sie auch gar keine Zeit. Sie muss mit ihren Eltern zu einem Brunch.

Mist, ich habe vergessen meine total geniale Falle an der Tür zu prüfen! Ich sitze ja schon längst wieder in meinem Zimmer und habe nicht auf das Haar geachtet. Jetzt weiß ich nicht, ob der Troll in meinem Zimmer war. Tja, selber schuld! Vielleicht sollte ich auch nicht zu misstrauisch sein. Selbst wenn er hier drin war – mein Versteck ist so genial, das findet der Troll nie im Leben …

HAHAHAHA

Ich will jeden
Montag eine Tafel
Marsipanschockolade
und ne Tühte
Gumibärschen!
Sonst sag ichs Jan!

der Troll ☺

P.S. Keine Eltern! Sonst erfärt Jan es erst recht

47

Ich hasse ihn! Ich hasse, hasse, hasse ihn! Das muss er heute Morgen gemacht haben, während ich mit Paula und Julia im Schwimmbad war.

Kannst du dir vorstellen, wie gemein das ist, Jan? Hast du so etwas früher auch mal gemacht? Deine Schwester erpresst? Hast du überhaupt Geschwister? Alles Sachen, die ich noch raus-kriegen muss. Aber im Moment habe ich ganz andere Sorgen.

Ich weiß, es ist völlig unlogisch, einen Liebesbrief zu schreiben, wenn man ihn dem anderen niemals geben wird. Aber dir jetzt zu sagen, wie toll ich dich finde, wäre viel zu früh! Du hast mich ja noch nicht einmal in meinem neuen Shirt gesehen! Und au-ßerdem, wer sagt denn, dass ich dich wirklich so toll finde? Ich weiß doch gar nicht, wer du bist, und muss das erst mal raus-finden. Es ist schon schlimm genug, dass ich Tag und Nacht an dich denke. Aber ich will, verdammt noch mal, selbst entscheiden, wann du das erfährst. Dass der Troll jetzt einfach reinfunkt und auch noch so unverschämte Forderungen stellt, ist ja wohl eine intergalakti-sche Frechheit. Anscheinend findet er es plötzlich auch noch cool, sich Troll zu nennen!

Ich bereue und werde für immer dein Sklave sein!

Er weiß halt nicht, was das Wort bedeutet. Weil er hohl ist, ein hohler Troll, der nicht richtig lesen und schreiben kann und außerdem kriminell ist. Jawohl, mein kleiner Bruder ist ein Krimineller, ein Erpresser, die fieseste Ratte aller Zeiten! Und deshalb ist er so gut wie tot!

Ich renne rüber und reiße seine Zimmertür auf. Dort liegt er auf dem Bett und spielt mit Unschuldsmiene auf seinem Nintendo. Meine Blicke töten ihn leider nicht, und als ich ihn anschreie, dass er der allerletzte und hässlichste Gnom auf der ganzen Welt sei, da grinst er nur und holt so eine rote Kindersonnenbrille hervor. Die setzt er auf und dann versucht er – natürlich vergeblich – seine Pieps-Stimme tief klingen zu lassen. „Babe, wenn du pünktlich deine Schoko-Gummi-bärchen-Rate zahlst, wird Jan nie etwas erfahren. Und auch niemand anderes. Ich beschütze dich!" Diesen Schrott hat er bestimmt aus irgendeinem bescheuerten Mafiafilm, den er heimlich angeguckt hat. Ich dreh völlig durch und hau ihm eine runter. Daraufhin heult er und Mudda kommt ins Zimmer gestürzt.

„Was ist denn jetzt schon wieder los?", fragt sie.

„Lea hat mir eine geknallt, einfach so!", kreischt der Troll.

„Gar nicht wahr, er hat in meinem Tagebuch gelesen!", schreie ich zurück. Dass es eigentlich ein Liebesbrief ist und er mich jetzt erpresst, verschweige ich lieber. Der Troll ist zu allem fähig.

Mudda atmet tief ein und für einen Moment sieht es so aus, als würde sie sich in eine Meditation versenken. „Ich bin ganz ruhig … ganz ruhig …", sagt sie leise, dann poltert sie los: „Wie alt seid ihr eigentlich? Bin ich hier immer noch im Kindergarten, oder was? Es wird nicht geschlagen, das habe ich euch jetzt schon oft genug gesagt.

Tim, du wirst nie wieder Leas Zimmer betreten und in ihrem Tagebuch lesen. Verstanden? Und jetzt will ich, dass hier Ruhe ist!" Damit rauscht sie von dannen und knallt die Tür hinter sich zu. Wenig später ertönen fernöstliche Klänge aus unserem Wohnzimmer.

Ich durchbohre den Troll noch mit ein paar giftigen Blicken, aber weil mir sonst nichts mehr einfällt, ziehe ich ab und schnappe mir unterwegs das Telefon. Mudda kann mir nicht helfen, das war eh klar, also ist Pinky meine letzte Rettung. Ihr fällt bestimmt was ein.

Pinky ist wie erwartet geschockt. „Du schreibst einen Liebesbrief an Jan?"

„Ja, aber das ist doch jetzt nicht so wichtig."

„Oh Mann, dich muss es ja ganz schön erwischt haben. Was schreibst du denn da so rein?"

Irgendwie habe ich mir unser Telefonat anders vorgestellt. Ich habe Pinky eingeweiht und von dem Liebesbrief erzählt, damit sie mir bei der Rache an Tim hilft. Stattdessen will sie wissen, was in dem Brief steht. Die Erpressergeschichte interessiert sie anscheinend überhaupt nicht. „Pinky, mein kleiner Bruder fährt gerade eine ganz miese Tour", sage ich eindringlich. „Ist doch egal, was in dem Brief steht."

„Das würde ich nicht sagen. Der Brief muss megapeinlich sein, wenn du so eine Angst hast, dass Jan davon erfährt."

Zum Glück telefonieren wir, denn jetzt werde ich knallrot. „Natürlich ist der Brief oberpeinlich!", zische ich in den Telefonhörer. „Und jetzt sag mir, was ich gegen den fiesen Troll unternehmen soll."

Am anderen Ende lacht Pinky. „Nichts!"

NICHTS? Hat meine beste Freundin gestern vielleicht ihr Gehirn an irgendeiner H-&-M-Kasse liegenlassen? „Jetzt überleg doch mal", sagt sie. „Tim weiß bestimmt gar nicht, wer der Jan ist. Woher sollte er ihn kennen?"

Sie hat Recht: Woher denn? Tim geht noch in die Grundschule und du bist auf meiner Schule. Ihr beide seid euch wahrscheinlich noch nie begegnet und deshalb kann Tim auch gar nicht wissen, wie du aussiehst. „Pinky, du bist genial!", rufe ich erleichtert aus. „Der Troll ist erledigt. Seine Schoki-Gummibärchen-Rate kann er sich sonst wo hinschmieren."

„Dann geh jetzt zu ihm und sag ihm das! Ich will wissen, wie er darauf reagiert."

„Gut, warte!" Ich renne mit dem Telefonhörer am Ohr wieder rüber und reiße erneut die Zimmertür auf. Tim liegt immer noch auf dem Bett und zuckt zusammen. An dem Ton aus seinem Nintendo erkenne ich, dass er gerade ein Spiel verloren hat. „Manno, hau ab!", schreit er.

Ich grinse siegessicher. „Gleich! Aber erst mal muss ich dir erklären, dass ich auf die Erpressung nicht eingehen werde …"

„Gut so", höre ich Pinky an meinem Ohr.

„…weil du eh nicht weißt, wer überhaupt Jan ist." Ich will gerade mit hoch erhobenem Kopf das Zimmer verlassen, da lacht der Troll wie Rumpelstilzchen.

„Ach, ist es nicht der Jan Wildemann mit den braunen Haaren, der bei uns im Verein Co-Trainer ist?"

Plötzlich ist mir, als verwandele sich sein Zimmer in ein loderndes Höllenfeuer, das mich mit Haut und Haaren verschlingt. Mir wird ganz heiß. „Ach du Scheiße", flüstere ich.

„Was hat er gesagt?", fragt Pinky.

„Er kennt ihn aus seinem Fußballverein", wispere ich aufgeregt. „Jan ist da Co-Trainer. Was soll ich jetzt tun?"

Ich warte gespannt auf Pinkys Antwort. Tim grinst mich unschuldig an. „Zahl einfach!", sagt er in so einer großkotzigen Art, dass ich ihm am liebsten schon wieder eine geknallt hätte. Aber auf einen Mudda-Vortrag über Gewalt zwischen Geschwistern hab ich jetzt auch keine Lust. „Also, Pinky?", frage ich und lausche in den Hörer auf die rettende Antwort. Pinky scheint noch zu überlegen.

Nach einer gefühlten Ewigkeit sagt sie endlich: „Rückzug!"

WIE BITTE? Das ist alles, was ihr einfällt? „Geh in dein Zimmer, wir müssen in Ruhe nachdenken." Weil ich auch keine bessere Idee habe, drehe ich mich einfach um und verlasse das Höllenzimmer. In meinem Zimmer schmeiße ich mich frustriert auf mein Bett. „Das darf echt nicht wahr sein!"

„Dein kleiner Bruder ist jedenfalls deutlich näher an deiner großen Liebe dran als du", stellt Pinky am anderen Ende des Telefons fest.

Ich fahre auf. „Meine große Liebe? Du spinnst ja wohl! Das ist doch total übertrieben!"

„Warum schreibst du ihm dann so einen langen Brief?", stichelt Pinky und ich höre sie leise lachen.

„Weiß ich nicht. Ich finde ihn süß! Mit Liebe hat das doch noch nichts zu tun, oder?", entgegne ich unsicher.

„Dein Zustand ist jedenfalls sehr bedenklich", erwidert Pinky. „Und damit Jan das nicht erfährt, solltest du die Schoki-Gummibärchen-Rate erst mal zahlen."

„Ich soll klein beigeben, damit der Troll seinen Willen kriegt?"

„Vorerst ja. Stell dir mal vor, was passiert, wenn du das nicht machst."

Das will ich mir lieber nicht vorstellen, doch Pinky beschreibt es mir haarklein und sehr anschaulich.

„Du hast Recht", sage ich und versuche diese Horrorbilder aus meinem Kopf zu vertreiben. „Es bleibt mir wohl nichts anderes übrig, als das Lösegeld zu zahlen."

Pinky kichert. „Du meinst, die Löse-Schoki und die Löse-Gummi-bärchen."

„Das klingt voll beknackt."

„Ist ja auch die Idee von deinem Bruder! Aber weißt du was? Du musst dich mit Tim einfach verbünden. Hol ihn doch mal vom Training ab. Oder geh zum nächsten Fußballspiel."

Ich hasse Fußball. Was ist schon toll daran, wenn alle hinter einem Ball herrennen? Gut, bei der Weltmeisterschaft war es cool, sich eine Deutschlandfahne auf die Wange zu malen und mit ganz vielen Leuten die Spiele auf Leinwand anzuschauen, aber sonst? Todlangweilig!

„Pinky an Lea! Noch da?", tönt es aus dem Telefonhörer.

„Ja, klar. Also, ich warte jetzt erst mal die Theater-AG ab. Vielleicht brauche ich den Fußball-Quatsch ja gar nicht", sage ich zu Pinky.

„Genau, vielleicht seid ihr morgen Abend schon zusammen."

Ich lache. Dass Pinky immer so übertreiben muss … Aber schön wäre es.

Montag, 16. September

Was für ein Tag, Jan! Also, eigentlich ist ja nicht viel passiert, so von außen betrachtet. Aber wenn ich in mich reinschaue, oje, oje …

Heute Morgen bin ich mit meinem neuen Sternen-Schal in die Schule gegangen. Dummerweise wurden es dann 25 Grad und ich bin fast zerflossen. Deshalb habe ich spontan entschieden, dass du den Schal erst im Winter sehen wirst, und habe ihn in meine Schultasche gepackt.

Den ganzen Tag war ich total aufgeregt wegen dieser bescheuerten Theater-AG. Frau Sauerwein hatte mich schon in der ersten großen Pause angesprochen, dass ich etwas früher da sein solle, damit wir über meine Rolle im Stück sprechen können. Hey, wie sollte ich mich denn da noch auf den Unterricht konzentrieren? Ich dachte mir, wenn sie mich schon extra vor der Theaterprobe treffen will, dann muss es wohl eine ganz besondere Rolle sein, die sie für mich vorgesehen hat. Vielleicht bin ich doch nicht ganz unten durch bei ihr.

„Mach dir keine zu großen Hoffnungen", sagt Pinky und beißt schlecht gelaunt in einen grünen Apfel. Sie hat nämlich festgestellt, dass ihr neues Kleid mit den neonorangen Einhörnern und Totenköpfen plötzlich nur noch zugeht, wenn sie den Bauch einzieht und die Luft anhält. Ich weiß zwar auch nicht, wieso ihr das in der Umkleidekabine nicht schon aufgefallen ist, aber jedenfalls will sie jetzt bis zu ihrem Geburtstag abnehmen. Na, zu ihrem Glück hat sie noch zwei Monate Zeit. Doch zu meinem Pech, wenn sie nun andauernd mies drauf sein sollte. Deshalb habe ich ihr den Tipp gegeben, das Kleid einfach umzutauschen und eine Nummer größer zu nehmen. Pinky ist nämlich überhaupt nicht dick. Wenn sie abnimmt, wird sie höchstens ein Klappergestell und kann mit ihren Knochen rasseln. Und das ist ja auch nicht gerade schön.

Julia und Paula haben natürlich auch mitgekriegt, dass ich in die Theater-AG gehe. „Willst dich wohl bei der Sauerwein einschleimen", sagt Julia grinsend, aber Paula verteidigt mich. „Ich finde es toll. Wenn ich mutig wäre, würde ich auch mitmachen."

Leider ist Paula nicht mutig und so muss ich nach dem Unterricht allein zur Turnhalle gehen. Dort finden die Theaterproben statt. Nervös warte ich vor der Tür.

Aber Frau Sauerwein taucht einfach nicht auf. So viel dazu. Ich bin wohl doch unten durch. Dass sie mich jedoch gleich so verarscht, hätte ich nicht von ihr gedacht.

Die ersten Theatermitglieder versammeln sich schwatzend vor der verschlossenen Tür und beäugen mich interessiert. Anscheinend hat es sich noch nicht herumgesprochen, dass ich jetzt mitmache. Wie auch, heute ist ja das erste Treffen nach den Sommerferien. Kann mich nicht mal jemand fragen, ob ich auch zur AG dazugehöre? Ich bin leider zu schüchtern, um ihnen das zu sagen. Jeder unterhält sich mit irgendwem, nur ich stehe dumm rum. Wenn du jetzt gleich kommst, sieht das höchstwahrscheinlich so aus, als hätte ich überhaupt keine Freunde.

„Hi, Fans!" Oh nein, Kröten-Caro. Sie kommt mit einem Hollywood-Lächeln über den Sportplatz gefedert und findet ihre Begrüßung wahrscheinlich irrsinnig witzig.

Die anderen lachen. „Hi, Diva!", ruft ein Junge zurück und jetzt lache ich ganz laut. Alle Köpfe fahren zu mir herum und aus meinem Lachen wird eine unsichere Grimasse. Den Jungen, der „Diva" gerufen hat, kenne ich. Das ist Yasar, dein bester Freund. Yasar ist Türke,

aber eigentlich finde ich, dass er eher ein
bisschen wie dieser portugiesische Fußballstar aussieht, von dem Tim
ein Poster in seinem Zimmer   *zwinker*
hängen hat. Wie heißt er doch gleich?
Cristiano Ronaldo. Ziemlich hübsch.
Aber irgendwie auch nichtssagend und
hohl, und außerdem siehst du tausendmal
besser aus, Jan. Denn du hast ein interessan-
tes Gesicht, ein sympathisches Lächeln und
tiefsinnige Augen und überhaupt … Yasar
ist vermutlich (oder hoffentlich) auch etwas
intelligenter als Ronaldo, sonst wärst du ja wahrscheinlich nicht mit
ihm befreundet. Na, auf jeden Fall finde ich, er hat Recht, wenn er
Kröten-Caro „Diva" nennt. Sie benimmt sich doch wirklich wie ein
Filmstar, der ständig von allen bewundert werden will. Jetzt starrt
sie mich an, als wäre ich gerade vom Mars hierhergebeamt worden.
„Hast du was in der Turnhalle vergessen?", fragt sie. Dabei schüttelt sie ihre blonde Mähne und fährt sich mit beiden Händen in die
Locken und knetet sie durch. Was wird *das* bitte? Werbung für den
neuesten Haarschaum?

„Nö", antworte ich und hoffe, dass sie mein Zittern in der Stimme
nicht bemerkt. „Ich mache auch in der Theater-AG mit."

„Ach so", sagt Kröten-Caro gedehnt und ich merke, wie sie verzweifelt versucht nett zu bleiben. „Du weißt aber schon, dass die
Rollen längst besetzt sind?"

Das wirft mich vollends aus der Bahn. „A-aber … aber heute ist doch das erste Treffen", stottere ich tiefrot.

„Die AG gibt es aber schon seit letztem Schuljahr. Wir haben alle zusammen das Stück geschrieben und sind auch schon mitten in den Proben. Anfang Dezember haben wir Premiere." Caros Stimme klingt jetzt etwas schnippisch, obwohl sie immer noch lächelt. „Aber bestimmt finden wir trotzdem noch eine Rolle für dich."

„Auf jeden Fall herzlich willkommen schon mal." Das ist wieder Yasar und ich lächele ihm dankbar zu. Und er lächelt zurück. Ich denke, meine Vermutungen erweisen sich hiermit als wahr: Du hast einen verdammt netten und schlauen Freund, Jan. Ist ja wie gesagt auch kein Wunder. Nur, was ich mich schon die ganze Zeit frage: Wo bist du eigentlich? Die Probe müsste vor zwei Minuten begonnen haben. Und wo bleibt die gemeine Frau Sauerwein, mit der ich doch vor zehn Minuten verabredet war?

Als sie endlich auftaucht, hechtet sie an mir vorbei und schließt gestresst die Hallentür auf – ohne eine Erklärung. Ja, sie beachtet mich nicht einmal. Also, so eine Behandlung habe ich wirklich nicht verdient. Ich will jetzt endlich wissen, welche Rolle ich habe.

„Ach ja, darüber wollten wir reden", sagt sie und tut total geschäftig, während sie den anderen zuruft: „Wir spielen auf der Bühne, aber noch ohne Kostüme. Das kommt beim nächsten Mal." Inzwischen ist auch Frau Müller eingetrudelt. Sie redet mit ein paar Mädchen über ihre Rollen und lässt am oberen Ende der Turnhalle per Knopfdruck die Bühne aus dem Boden emporfahren. Und während Frau Sauerwein sich mir wieder zuwendet, sehe ich aus den Augenwinkeln, wie du die Turnhalle betrittst. Ohne dass ich etwas dagegen tun kann, stürzt mein Gehirn plötzlich wie ein überlasteter Computer ab, gleichzeitig versuche ich möglichst intelligent auszusehen und Frau Sauerwein interessiert zuzuhören. Nicht einfach!

„Du würdest in der ersten Reihe sitzen. Was hältst du davon?", fragt sie.

Äh, wovon? Vorsichtshalber schüttele ich mal den Kopf. Frau Sauerwein seufzt. „Du möchtest also nicht die Souffleuse sein?"

SOUFFLEUSE? Zum Glück habe ich den Kopf geschüttelt. Wer macht schon in der Theater-AG mit, um den anderen ihren Text vorzusagen? Ich glaube, Souffleuse kommt von dem französischen Wort „souffler" und das heißt „flüstern". Aber mal ganz ehrlich: Wenn ich in der ersten Reihe sitze und jemand bleibt in seinem Text hängen, dann nützt ein Flüstern ja so was von gar nichts …

Wirklich, Souffleuse zu sein ist mir zu peinlich. Ich weiß auch wirklich nicht, ob ich den Mut hätte, in die Stille hinein den Text nach oben auf die Bühne zu schreien.

„Was ist mit der Vampir-Prinzessin?", frage ich zögerlich. Frau Sauerwein schüttelt den Kopf. „Frobella wird von Caroline gespielt."

Frobella? Sind hier alle balla? Anscheinend habe ich nicht die aktuelle Version des Stückes bekommen, denn in meinem Skript standen noch keine Namen.

„Alle Rollen sind schon besetzt", fährt Frau Sauerwein fort. „Aber ich werde mir mit Frau Müller noch eine Rolle für dich ausdenken. So lange kannst du dich an der Seite auf eine Bank setzen und bei den Proben zuschauen."

Wie eine Ersatzspielerin gucke ich also von der Bank aus zu und niemand, wirklich kein Einziger von euch Theaterleuten, nimmt Notiz von mir. Schon gar nicht du, denn du stehst auf der Bühne und sollst deine Szenen proben. Und jetzt kommt das Allerschlimmste: Du und Bella, äh, ich meine Kröten-Caro, ihr beide spielt die Hauptrollen: Frobella und Efro. Die Silbe „fro" soll anzeigen, dass ihr beiden zusammengehört. *Würg!* Da wird mir ja so was von schlecht! Ich frage mich, wie ich dieses Stück eigentlich gut finden konnte, als ich es vor fünf Tagen gelesen habe. Bestimmt hat Kröten-Caro es ganz allein geschrieben und die Rollen eigenhändig verteilt. Das würde mich jedenfalls nicht wundern, sie scheint so was wie die Geheimherrschaft in der Theater-AG zu haben. Frau Sauerwein ist ganz offensichtlich schon auf ihrer

← Krötenschle

Schleimspur ausgerutscht, so wie sie ihr zu Füßen liegt. „Caroline, du spielst toll!", ruft sie immer wieder auf die Bühne und ich bekomme erneut Brechreiz. Da hilft mir auch nicht, dass du deinen Text anscheinend überhaupt nicht kannst.

„Jan, du hattest sechs Wochen Zeit!" Frau Sauerwein klingt jetzt ungehalten. „Wieso kannst du keine einzige Zeile deines Textes?"

„Äh, also, erst waren wir zwei Wochen in Urlaub ..." Du versuchst dich rauszureden und wirst dabei rot – total süß!

„... ja, und außerdem bin ich jetzt Co-Trainer in der E-Jugend, ich musste die Jungs auf die neue Saison vorbereiten."

Es stimmt also wirklich – mein kleiner Bruder wird von dir, Jan Wildemann, trainiert. Auf dem Heimweg werde ich wohl noch einen Abstecher in den Supermarkt machen und Schokolade kaufen.

„Aber du spielst doch selbst auch Fußball", sagt Kröten-Caro mit besorgter Miene zu dir. „Wenn du jetzt auch noch Trainer bist und Theater spielst, wird das nicht vielleicht zu viel für dich?"

„Da hat Caro Recht." Frau Sauerwein nickt. Es soll ja Lehrer geben, die keine Lieblingsschüler haben. Frau Sauerwein gehört auf jeden Fall schon mal nicht dazu.

„Ach, ich krieg das irgendwie hin", murmelst du und dein Gesicht ist immer noch ganz rot. „Nächste Woche kann ich den Text."

Am liebsten würde ich vor zur Bühne laufen und dir sagen, dass ich dich ganz toll finde, auch wenn du deinen Text nicht kannst. Aber natürlich bewege ich mich kein Stück. Wie es aussieht, bin ich nämlich dein einziger Fan. Da ich allerdings quasi unsichtbar bin, zähle ich nicht. Sorry, aber du hast wohl gerade keine Fans ...

„Dann lies für heute noch mal vom Blatt ab", sagt Frau Sauerwein säuerlich.

Doch als du anfängst zu lesen, ist es ein grauenvolles Stammeln. Mein Herz klopft plötzlich so stark, als würde ich da oben auf der Bühne stehen und nicht du. Oh Gott, Jan, ich könnte es ja sicher auch nicht besser, aber wenn es Fremdschämen wirklich gibt, dann weiß ich jetzt, wie es sich anfühlt. Am liebsten würde ich mich ganz still und heimlich aus der Turnhalle schleichen, so peinlich finde ich das alles. Wie soll ich nur jemals hier auftreten? Mein Bauch macht komische Geräusche, wenn ich daran denke.

Frau Sauerwein unterbricht dich und gibt dir ein paar Anweisungen. „Locker, Jan, nicht so verkrampft!", ruft sie wie ein Oberfeldwebel (zumindest stelle ich mir so einen vor). Bitte, wer kann schon auf Befehl locker sein? Du versuchst es und natürlich geht es ordentlich in die Hose.

Wieso gibt Frau Sauerwein auch so komische Ratschläge wie den mit dem Fußballplatz? Jetzt fand ich's witzig, wie du über deine eigenen Füße gestolpert bist. Das Fremdschämen ist jedenfalls schlagartig weg. Ich hab mir sogar überlegt, ob das mit dem Fallrückzieher nicht vielleicht Absicht war? Aber weil ich es nicht genau wusste, habe ich vorsichtshalber mal nicht gelacht. Du sollst ja nicht denken, dass ich dich auslachen würde oder so. Im Gegenteil!

Je tollpatschiger du dich anstellst, desto sympathischer finde ich dich. Vermutlich, weil ich mich genauso blamieren würde. Tja, wir passen halt echt gut zusammen.

Und während ich so dasitze und der Theaterprobe zusehe, passiert wieder etwas mit mir. Ganz komisch, diesmal ist es kein Blitz, sondern eher ein Donnern. Es geschieht in dem Moment, als du zur Ersatzbank siehst. Ich zähle lautlos bis zehn und du hast noch nicht wegge-

schaut. Also hast du mich nicht nur gesehen, sondern auch wahrgenommen!

Jetzt geht es los in mir! Wieso reden eigentlich immer alle von
Schmetterlingen, die im Bauch herumflattern, wenn man verliebt ist?
Danach fühlt es sich bei mir überhaupt nicht an. Mir kommt es eher
so vor, als würde ein Nashorn, oder nein, eine ganze Herde Nashör-
ner durch meinen Körper jagen. Ihr Getrampel ist nicht gerade an-
genehm – sie hinterlassen einen Haufen zerwühlter Gefühle und
machen mich unfähig an etwas anderes zu denken als an dich.
Deshalb bemerke ich Pinky auch erst, als sie mich anstupst. In der
Hand hält sie eine Plastiktüte mit ihrem umgetauschten Kleid.
„Hey, wie läuft's?", fragt sie.

Ich schaue auf die Uhr, die Probe ist gleich zu Ende. „Ganz gut",
antworte ich grinsend.

Wenn ich ehrlich bin, freut es mich sehr, dass Kröten-Caro gerade
so genervt von dir ist. Sie versucht es zwar zu vertuschen, aber ihre
schauspielerischen Fähigkeiten verlassen sie langsam, aber sicher.
„So kann ich nicht arbeiten!", schreit sie irgendwann und damit sind
die Proben für heute beendet.

Frau Müller kommt auf mich zu. „Na, kannst du dir vorstellen bei
uns mitzumachen?", fragt sie freundlich. Ich nicke zögerlich.

„Dann haben wir nächstes Mal eine passende Rolle für dich", meint Frau Müller zuversichtlich und guckt Pinky an. „Willst du etwa auch noch mitmachen?"

„Nie im Leben!" Pinky lacht. „Ich hole nur Lea ab." Frau Müller guckt erleichtert.

Direkt nach der Probe gehen Pinky und ich rüber in den Aufenthaltsraum, ziehen uns am Automaten eine Cola und schauen beim Tischfußball zu.

Die Nashörner in mir haben sich beruhigt. Denke ich. Denn da kommst du zusammen mit Yasar rein! Ratzfatz sind sie auch schon wieder wach und piksen mit ihren Hörnern in meinem Bauch herum.

„Wir fordern!" Yasar nickt zwei Fünftklässlern am Kicker zu und ich brauche einen Moment, bis ich kapiere, dass *fordern* so viel wie *herausfordern,* also gegeneinanderspielen bedeutet. Wer gewinnt, darf am Tisch bleiben und gegen das nächste Team spielen.

Pinky stößt mich an. „Wir fordern danach!", tönt sie laut und ich starre sie an wie ein Weltwunder. Pinky kann ebenso wenig Tischfußball spielen wie ich. Yasar und du, ihr grinst. Die Fünftklässler habt ihr schnell plattgemacht, jetzt kommen wir dran. Ich kann nicht klar denken, die Nashörner spielen mit. Du stehst in der Abwehr und ich im Sturm, ich packe die Griffe und fange an zu drehen.

„Ey, nicht kurbeln!", ruft Yasar.

„Komm schon, wir spielen quasi zum ersten Mal!", sagt Pinky und hört sich plötzlich ziemlich cool an.

„Aber wenn ihr kurbelt, kriegt ihr keinen Ball", erwidert Yasar.

Genauso ist es. Der Ball rutscht mir durch, du hast ihn sofort, schiebst ihn kurz zwischen deinen beiden Männchen hin und her und zack – Tor.

Pinky ist sprachlos. „Wo kam der denn her?"

Ich schaue auf, im selben Moment wie du. Du lächelst entschuldigend, aber du sagst kein Wort. Nach drei Minuten ist das Spiel vorbei, wir haben fünf zu null verloren. Mist, warum können Pinky und ich nicht besser kickern? Dann hätte es länger gedauert. Jetzt habt ihr euch bestimmt total gelangweilt mit uns.

Ich setze mich auf einen Tisch an den Rand, Pinky bleibt stehen und grinst mich an. „Ich lade die beiden zu meiner Geburtstagsparty ein", sagt sie leise. Ich nicke und habe das Gefühl, dass du manchmal zu uns rüberschaust. Hoffentlich nicht nur, weil ich dich fortwährend beobachte. Ihr gewinnt noch ganz schön oft gegen verschiedene Gegner, aber dann brecht ihr irgendwann auf. Einige von der Theater-AG sind noch da. Zum Glück nicht Kröten-Caro, die musste direkt nach der Probe zum Klavierunterricht. Du umarmst ein paar Mitschüler zum Abschied, dann kommst du zu uns. Pinky drückst du auch ganz kurz. Soll ich jetzt schnell vom Tisch springen, damit wir uns umarmen können? Aber ist das nicht zu peinlich? Schließlich kennen wir uns ja kaum. Was soll ich tun? Ich kann mich nicht entscheiden … keine Entscheidung ist auch eine Entscheidung, ich bleibe sitzen. Du sagst im Vorbeigehen „Tschüss" zu mir und – deine Hand BERÜHRT mein Knie!

Eine flüchtige Berührung nur, aber doch wohl eindeutig gewollt, oder? Die Nashörner drehen durch, während ich ein möglichst lockeres „Tschüss" hervorpresse. Yasar winkt uns noch von der Tür aus zu, dann seid ihr beiden verschwunden. Überglücklich springe ich vom

Tisch. „Wolltest du Yasar und Jan nicht zu deiner Party einladen?",
frage ich Pinky. Sie zuckt mit den Schultern. „Ja, aber war gerade
nicht der richtige Zeitpunkt. Die wollten weg, haste doch gesehen."

Ich nicke strahlend. „Jan hat alle umarmt, aber mich hat er am
Knie berührt", raune ich ihr zu. „Wenn er mich auch umarmt hätte,
würde ich ihm so viel bedeuten wie die anderen, aber das hat er
nicht, also ist irgendwas Besonderes zwischen uns!"

Pinky verdreht grinsend die Augen. „Er konnte dich nicht richtig
umarmen, weil du auf dem Tisch gesessen hast. Das mit seiner Hand
war Zufall, jetzt beruhige dich mal wieder!"

Nein, heute will ich mich nicht mehr beruhigen. Heute will ich
von dir träumen!

Meine Nashörner sind beruhigt schlafen gegangen und ich fühle mich
plötzlich ganz leicht. Bevor ich nach Hause gehe, schwebe ich noch
durch den Supermarkt und kaufe eine Tüte Gummi-Trolle und eine
Tafel Schokolade. Es ärgert mich nur am Rande, dass ich 1,84 Euro
dafür ausgeben muss, denn heute war ein perfekter Tag. Ich freue
mich ja schon so auf nächsten Montag, wenn wieder Theater-AG ist
und ich endlich auf der Bühne neben dir stehen werde.
Alles ist gut! Ich sitze in der Bahn und die Nachmittags-
sonne kitzelt mein Gesicht. Immer wieder hab ich
dich vor Augen. Wie glücklich mich das macht!

Doch mein Glück kommt unsanft in der Realität an, als ich unsere Wohnungstür aufschließe und in die entgeisterten Gesichter von Mudda und Papa starre.

Mudda hält das Telefon in der Hand. „Wo kommst du her?", fragt sie und ihre Stimme schwankt zwischen Erleichterung und Explosion.

„Aus der Schule", sage ich arglos und schmeiße meinen Rucksack in die Ecke.

„Aus der Schule? Guckst du eigentlich auch ab und zu mal auf dein Handy?", fragt Papa.

Oh, da habe ich seit heute Vormittag keinen Blick mehr draufgeworfen, dafür ziehe ich es jetzt aus meiner Jackentasche hervor. 19 Anrufe von Mudda und elf von Papa, dazu fünf Mailbox-Mitteilungen und drei neue SMS. „Tut mir leid", sage ich zerknirscht. „Ich wollte heute Morgen eigentlich sagen, dass ich ab jetzt in der Theater-AG mitmache und deshalb montags später komme. Das hab ich wohl irgendwie vergessen."

„Allerdings", stößt Mudda hervor und dann muss ich mir eine ordentliche Standpauke anhören. Die beiden waren kurz davor, die Polizei zu rufen, nur weil ich drei Stunden später als sonst heimgekommen bin und das Handy lautlos gestellt hatte.

Ob ich mir überhaupt vorstellen könne, was für Sorgen die beiden sich gemacht haben? Ja, kann ich, aber ich habe mich entschuldigt und so langsam könnten sie sich mal wieder abregen, finde ich. Schließlich bin ich keine neun mehr.

„Und du spielst jetzt Theater?", fragt Papa am Ende noch verwundert und neugierig.

„Ja", antworte ich knapp, denn nachdem Mudda und Papa mich mit ihren Ängsten und Vorwürfen zugetextet haben, ist mir die Lust vergangen, ihnen mehr von der Theater-AG zu erzählen. Es gibt ja auch noch nichts Aufregendes zu berichten. „Ich hab heute erst mal nur zugeschaut", sage ich deshalb nur und gehe in mein Zimmer. Vorher werfe ich dem Troll noch sein Futter aufs Bett.

Ach, Jan, der Nachmittag war einfach wunderschön. Ich glaube, die Theater-AG könnte mir doch ganz gut gefallen. Nur muss ich jetzt wieder so lange warten bis zum nächsten Mal. Verrückt – ich, die schon beim Anblick einer Bühne in Angstschweiß ausbricht, freut sich auf einmal darauf, Theater zu spielen. Ist das immer so, wenn man jemanden mag? Dass man plötzlich die gleichen Sachen gut findet? Vermutlich eher nicht, denn sonst müsste ich ja bald ein riesiger Fußballfan sein – und das kann ich mir nun wirklich nicht vorstellen. Wenn doch nur schon wieder Montag wäre! Vielleicht sehe ich dich ja vorher mal in den Pausen, aber das ist nicht dasselbe. Noch sieben lange Tage …

Noch sechs öde Tage bis Montag …

Heute hat Papa Mudda und mir beim Abwasch geholfen, weil unsere Spülmaschine gerade spinnt. Er war richtig gut drauf, während er den Schaum von den Tellern gespült hat. Jedes Mal, wenn er uns einen nassen Teller in die Hand gedrückt hat, kam dazu ein megafreundliches „Bitte schön". Später war er noch mit beim Einkaufen, und als Mudda ihm die Sachen zum Wegräumen angereicht hat, hat er mit einem Grinsegesicht ständig „Danke schön" gesagt. Irgendwann sah Mudda aus, als würde sie ihm gleich ein Glas Bio-Marmelade an den Kopf werfen. Misstrauisch hat sie gefragt, warum er eigentlich so ekelhaft gute Laune habe.

„Einfach so", hat Papa fröhlich erwidert. „Das Leben ist schön und ich freue mich, dass in unserer Familie weiterhin alles so harmonisch verläuft. Darauf können wir doch richtig stolz sein!"

Da hat selbst Mudda gelächelt, obwohl sie heute keinen so guten Tag hatte. Es ist nämlich schon wieder einer ihrer Patienten abgesprungen, schon der fünfte innerhalb eines Monats. Ich weiß gar nicht, wie viele Leute eigentlich noch bei ihr in Behandlung sind. Ich glaube, es geht langsam gegen null. Jedenfalls habe ich schon lange niemanden mehr gesehen, sie kommen ja immer zu uns nach Hause und dann ist das Wohnzimmer gesperrt für die Sitzung. Leider wundert es mich aber gar nicht, dass kaum mehr einer kommt – für so eine Universum-Therapie muss man nämlich eine galaktische Summe hinlegen, und ganz ehrlich – das würde Mudda nicht mal selbst bezahlen, da bin ich mir ziemlich sicher. Ich finde, sie sollte einfach die Stunden billiger machen, aber irgendwie lohnt es sich dann wohl nicht mehr. Vermutlich muss Mudda ihre Sitzungen im Universum zukünftig allein abhalten.

RECHNUNG

UNIVERSUM - THERAPIE à 10 SITZUNGEN = 1230 EUR

Überirdischer Dank. Beginnen Sie den neuen Tag immer mit einem Lächeln!

So ganz blicke ich da auch nicht durch, aber hey, Papa hat sie heute aufgeheitert, das ist doch was!

Vielleicht wird ja doch wieder alles gut zwischen den beiden. Ich meine, irgendwie ist ja alles gut! Zwar ist Mudda für Papa zu abgedreht und Mudda findet Papa geldgierig. Aber so war das schon immer und früher hat es sie auch nicht gestört. Ich verstehe einfach nicht, wieso man sich trennt, wenn eigentlich alles so wie immer ist? Erwachsene halt! Die machen alles kompliziert … Ich glaube, ich werde auch erwachsen. Bei mir ist auch alles kompliziert …

Mist, noch fünf verflixte Tage bis zur nächsten Theaterprobe. Ich sehe dich höchstens mal aus der Ferne. Pinky weigert sich, in den Pausen mit mir über den Schulhof zu laufen, um dich zu suchen und in deiner Nähe rumzustehen. Tolle Freundin!

Paula und Julia gucken schon ganz neugierig, was wir da immerzu tuscheln, aber ich will den beiden nichts von dir erzählen. Paula würde wahrscheinlich mitleidig gucken und sagen: „Von mir würde so ein hübscher Junge auch nichts wollen, weil ich so hässlich bin!"

Und von Julia käme vermutlich: „Ihr passt eh nicht zusammen!" Und danach dürfte ich die „War-nur-Spaß" zählen. Nein, danke!

Es ist schon fast Mitternacht und ich habe gerade ein ganz romantisches Buch zu Ende gelesen. Habe extra einen Aufkleber über mein Schlüsselloch geklebt und eine Decke zu einer dicken Wurst gerollt unten an den Türspalt gelegt, damit Mudda nicht sieht, dass ich noch wach bin. Ja, ich weiß, ich könnte auch mit der Taschenlampe unter der Bettdecke lesen. Aber das habe ich einmal gemacht und nie wieder. Erstens wurde es nach fünf Minuten irrsinnig heiß und ich hab keine Luft mehr bekommen. Und dann, als ich ohne Bettdecke gelesen habe, hat sich Mudda in mein Zimmer geschlichen und mich total erschreckt. Sie hat zwar danach behauptet, dass sie dachte, ein Einbrecher sei in meinem Zimmer. Ich glaube aber, das war nur wieder eine ihrer rabiaten Erziehungsmethoden. Papa sagt oft, bei Mudda weiß man nie, was in ihrem hübschen Hinterstübchen so vor sich geht. Manchmal hat er Recht, wobei – Mudda und hübsch? Wenn ich es so bedenke, hat Papa den Satz eigentlich auch schon lange nicht mehr gebracht.

Na ja, jedenfalls habe ich diesen Liebesroman gelesen. Und jetzt kann ich irgendwie nicht einschlafen, weil ich die ganze Zeit an dich denken muss. Weißt du, was blöd ist, Jan? In solchen Büchern passiert immer ganz viel. Da sind das Mädchen und der Junge in einem Keller eingesperrt, oder er rettet sie aus den Fluten und trägt sie an den Strand, oder sie geraten in ein Gewitter und finden Unterschlupf in einer einsamen Berghütte, oder sie streiten ganz heftig, um sich danach umso heftiger zu versöhnen, oder … oder … aber egal was ist, am Ende küssen sie sich immer! Und was passiert in meinem Leben? Nichts! Ich stehe schon völlig neben mir, nur weil du zufällig mein Knie berührt hast. (So allein im Dunkeln kommt es mir plötzlich auch nur noch wie Zufall vor.) Das ist echt bescheuert!

Donnerstag, 19. September

Ständig läuft mir der Troll über den Weg, und wenn er mich angrinst, leuchten mir die Reste der Gummi-Trolle entgegen, die sich nun andauernd in seinem Mund befinden. Möge er daran ersticken.

Wenn mir nur mal in echt was einfallen würde, wie ich ihm seine Gemeinheit heimzahlen könnte!

Pinky hat Yasar und dich zu ihrer Geburtstagsparty eingeladen.
Über Facebook! Vielleicht passiert ja doch noch was in meinem
Leben!  gefällt mir

Versuche seit zwei Tagen Mudda zu überzeugen, dass ich mich bei Facebook anmelden muss!

Mit Mudda kann man einfach nicht diskutieren. Ich darf mich erst anmelden, wenn ich 14 bin. Das dauert noch vier Monate und 29 Tage! Natürlich könnte ich mich heimlich schon früher anmelden, wenn ich mal bei Pinky bin oder so. Aber bei meinem Glück würde Mudda das irgendwie rauskriegen, und wenn das Universum höchstpersönlich es ihr bei irgendeiner Tarot-Sitzung flüstern würde. Ich glaube zwar nicht ans Universum, aber so ganz weiß man ja nie. Und wenn Mudda merken würde, dass ich vor dem 21. Februar on-

line gegangen bin … Ich möchte mir lieber nicht ausmalen, was dann passieren würde. Da wäre die Kacke ganz schön am Dampfen. Warum, weiß ich allerdings auch nicht. Ist wahrscheinlich wieder so eine sinnlose Machtausübung der Erwachsenen. Davon gibt's ja genug auf der Welt. Aber dass ich darunter leiden muss, ist wirklich ungerecht. (O.k., der letzte Satz stimmt so nicht ganz: Natürlich ist es auch für jeden anderen wirklich ungerecht, wenn er unter sinnloser Machtausübung leiden muss. Nur, um mal klarzustellen, dass ich da keine Sonderrolle für mich sehe. Das wär ja sonst voll überheblich.)

Zum Glück ist morgen endlich Montag. Dann seh ich dich wieder!

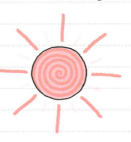

Richtig! Lange! Und vielleicht reden wir sogar etwas miteinander. Ich bin auch schon so gespannt, welche Rolle ich bekomme.

Das war der schwärzeste Tag meines Lebens. Jan, wie kannst du mir das antun? Was habe ich mir da nur selbst eingebrockt?

Ich komme nach dem Unterricht in die Turnhalle und da steht Kröten-Caro in einem langen schwarzen Kleid und Vampirzähnen, neben ihr Yasar mit einem weiten schwarz-roten Umhang. Um sie herum noch ein paar andere Vampire und Frido, der ein lebendiges Huhn im Arm hält. Alle sind ziemlich aufgelöst und das Huhn gackert mit ihnen um die Wette.

„Unmöglich ist das!", schreit Kröten-Caro aufgebracht. „Er hat schon im letzten Schuljahr so oft gefehlt und nichts zum Stück beigetragen, da hätten wir es uns eigentlich gleich denken können." Mein Herz sackt zwei Etagen tiefer. Ich ahne Fürchterliches.

Yasar versucht sie zu beruhigen. „Ja, der Fußball ist ihm halt wichtiger. Und alles zusammen schafft er nicht."

Oh Gott! Ich traue mich nicht nachzufragen, was los ist. Aber ich weiß es doch eh schon! Als Frau Sauerwein und Frau Müller mit ein paar Kisten voller Requisiten hereinkommen, kreischt Kröten-Caro ihnen entgegen: „Der Jan macht nicht mehr mit!"

Frau Sauerwein nickt und stellt schwer atmend eine Kiste vor der Bühne ab. „Das hat er mir heute auch schon erzählt. Sehr schade, aber er konnte seinen Text ja sowieso nicht. Frau Müller und ich haben in der großen Pause einen neuen Besetzungsplan ausgearbeitet."

Ich fühle mich, als hätte jemand bei mir den Stecker gezogen – leer und dunkel. Am liebsten würde ich sofort zu Frau Sauerwein gehen (nein, lieber zu Frau Müller, die ist netter) und sagen, dass ich auch nicht mehr mitmache.

„Yasar wird ab sofort Efro spielen …"

„Aber ich will der böse Vampir sein!", ruft Yasar empört. „Ich hab doch den ganzen Text schon gelernt!"

Frau Sauerwein guckt ihn entschuldigend an. „Ja, ich weiß, das tut mir auch total leid. Aber es geht nicht anders, du bist der Einzige, dem Jans Kostüm passt. Und deinen Umhang kann jeder tragen. Deshalb wird Frido den bösen Vampir spielen …"

Der pummelige Frido wird rot vor Freude und streichelt das Huhn in seinem Arm. Hat er das etwa von zu Hause mitgebracht?

„Aber wer spielt dann den Knecht?", fragt Kröten-Caro verständnislos. „Oder spielt Frido zwei Rollen?"

„Nein, das wäre von der Maske her nicht möglich", antwortet Frau Sauerwein. „Aber der Knecht kann genauso gut eine Magd sein." Und plötzlich strahlt Frau Sauerwein mich an, dass mir Hören und Sehen vergeht. „Lea ist ja letzte Woche zu uns gestoßen und braucht noch eine Rolle. Du spielst die Magd, Lea. Du wirst das Huhn auf die Bühne tragen, damit Frobella es schlachtet." Frau Sauerwein lacht laut auf, als sie meinen Blick sieht. „Keine Angst, sie schlachtet es nicht wirklich, sondern entscheidet sich im letzten Moment dagegen."

Das weiß ich, schließlich habe ich das Skript gelesen. Aber das Schlachten schockiert mich null. Nein, es geht um die Magd. Ich will diese Rolle nicht, ich will überhaupt keine Rolle, wenn du nicht mitmachst! Auf der Stelle möchte ich mich in Luft auflösen, doch der

Arm von Kröten-Caro hindert mich daran. Sie schlingt ihn um meine Schultern, als seien wir schon immer die besten Freundinnen. „Schön, dass du dabei bist, Lea", sagt sie und für einen klitzekleinen Moment habe ich das Gefühl, dass sie doch ganz nett sein könnte. „Du wirst die Magd bestimmt besonders toll spielen."

Und dann drückt Frido mir sein Huhn in den Arm. Es heißt Elsa und guckt mich aus seinen kleinen schwarzen Knopfaugen sehr lieb an. Irgendwie tröstet mich ihr Blick. Elsa ist ganz brav, nur einmal hackt sie kurz in meine Hand, aber das tut kaum weh.

Und dann passiert etwas Krasses. Meine Rolle besteht ja nur aus einem winzigen Auftritt, aber der ist ziemlich zentral. Frobella und Efro stehen auf der Bühne und sind kurz davor, sich zu küssen. Das darf aber nicht sein, weil sie ihn sonst beißt und er dann auch zum Vampir wird. Deshalb muss ich mit dem Huhn dazwischengehen. Mein Stichwort ist folgender Satz von Frobella (also von Kröten-Caro): „Wollen wir uns nicht endlich küssen?" Und bevor sie sich auf Efro (Yasar) stürzen und ihn aussaugen kann, betrete ich die Bühne, bringe das Huhn mit und sage meine zwei Sätze. Dabei soll ich schluchzen. Wie OBERPEINLICH ist das denn? „Probier es doch mal", sagt Frau Müller. Und jetzt kommt es!

„Wow, ich dachte, du weinst wirklich!", sagt Kröten-Caro fast ein bisschen bewundernd.

Natürlich war es echt! Ich kann doch nicht auf Kommando weinen, schon gar nicht bei so einer blöden Rolle. Aber auf der Bühne war mir plötzlich so nach Heulen zu Mute, dass ich es einfach rausgelassen habe. Ist doch auch echt beschissen, dass ich jetzt in dieser Theater-AG mitmachen muss, obwohl du nicht mehr dabei bist! Kannst du mir mal sagen, was das soll? Ich kann es mir ja schon denken. Du hast bemerkt, wie unglaublich megapeinlich diese ganze Aufführung ist, und gerade noch rechtzeitig den Absprung geschafft. Und ich kann jetzt dafür büßen – nein, das darf nicht wahr sein!

Nach der Probe gehe ich zu Frau Müller, die mich aufmunternd anlächelt.

„Ähm, ich wollte mal fragen … also, ich meine", druckse ich leise herum, „wäre es schlimm, wenn ich doch nicht in der Theater-AG mitmache?"

Frau Müller reißt entsetzt die Augen auf. „Aber warum, Lea? Du hast großes Talent!"

Wie soll ich ihr nur begreiflich machen, dass meine Heulattacke vorhin nur Zufall war, ohne mich komplett zu blamieren? Da kommt Frau Sauerwein.

„Heike, stell dir vor, Lea will nicht mehr mitmachen!", ruft Frau Müller ihr laut entgegen. Dachte ich mal, dass Frau Müller nett sei?

Frau Sauerwein legt den Arm um mich. Meine beiden Lehrerinnen müssen irgendwie ihre Rollen getauscht haben. „Ach, Lea!", seufzt sie. „Hast du Angst vor dem Auftritt?"

Ich nicke kleinlaut und hoffe, dass ich so aus der Nummer rauskomme. Doch da habe ich mich komplett geirrt.

„Das ist ganz normal. Lampenfieber gehört dazu. Möchtest du vielleicht zusätzlich in die Girl-Power…?"

Nein, das möchte ich nicht. „Aber es ist nicht das Lampenfieber", piepse ich aufgeregt. „Ich glaube, ich kann gar nicht schauspielern."

Jetzt sieht Frau Sauerwein mich streng an. „So ein Quatsch!" Sie ist plötzlich wieder ganz die Alte. „Ich habe dich vorhin da oben auf der Bühne heulen gesehen und ich sage dir, niemand ist für diese Rolle besser geeignet als du. Das ist eine gute Gelegenheit, deine Schüchternheit endlich zu besiegen. Mädchen, du verbaust dir doch sonst deine ganze Zukunft."

Welche Zukunft? Der Tag der Aufführung wird sowieso mein letzter sein. Auf der Bühne werde ich umfallen und an Selbsterniedrigung aus Liebe sterben. Meine Nashörner werden mich vermutlich plattmachen.

Hilfe suchend blicke ich zu Frau Müller, die mitfühlend nickt.

„Ich denke auch, dass du dich einfach nur überwinden musst, Lea."

Wie schön wäre es, wenn ich mich überwinden könnte den beiden die Meinung zu sagen. Aber das traue ich mich nicht und deshalb bin ich jetzt fester Bestandteil der Theater-AG und darf dem peinlichsten Augenblick meines Lebens entgegenfiebern: heulend ein lebendiges Huhn über die Bühne tragen! Die dämlichste Rolle aller Zeiten. Und wer ist daran schuld? Du, Jan! Nur wegen dir muss ich das jetzt machen und das finde ich richtig doof. Nein, nicht nur doof, es ist einfach voll schlimm: Ich glaube, ich werde nie wieder froh!

Damit ist dieser Brief zu Ende. Da du nicht mehr in der Theater-AG bist, findest du mich bestimmt auch nicht gut, denn sonst wärst du doch auf jeden Fall dabeigeblieben, oder? Das macht mich unendlich traurig. So traurig, dass ich jetzt in mein Bett gehe und noch ein bisschen für meine Rolle übe: heulen.

Gute Nacht!

Lieber Jan,

eigentlich wollte ich ja nicht weiterschreiben. Ich hatte mir fest vorgenommen dich zu vergessen und Pinky hat mir auch gleich dabei geholfen, indem sie kein einziges Wort mehr über dich verloren hat. Zuvor hat sie noch gefragt, ob sie dich von ihrer Party ausladen soll. Das fand ich dann aber doch übertrieben. Bis zur Party dauert es immerhin noch über einen Monat und ich war mir sicher, dass ich in wenigen Tagen über dich hinweg wäre.

Pustekuchen.

Die letzten zwei Wochen waren richtig übel. Andauernd war ich mies drauf und Mudda und Papa haben sich schon ganz komisch angeguckt und was von Pubertät gemurmelt. Ja, genau! Ich bin in der Pubertät und deshalb kann ich so viel rumheulen, wie ich will. Es ist schon schlimm genug, dass ich nicht verstehe, warum ich so drauf bin. Ich meine, es gibt doch genug andere süße Jungs, warum interessieren die mich nicht? Warum mach ich mich wegen dir so fertig? Mudda hat etwas von Hormonen gesagt, die in der Pubertät verrücktspielen, und dann ist sie wieder mit ihrem ultrapeinlichen Aufklärungsbuch angekommen und hat mir sogar noch einen Artikel aus dem Internet ausgedruckt. Merkt sie eigentlich nicht, wie sehr mich das nervt, oder will sie es nicht merken? Mudda und Papa sollen mich einfach in Ruhe lassen. Sie sind nämlich auch nicht viel besser. Ich glaube langsam, dass ich mein schauspielerisches Talent von ihnen beiden geerbt habe, weil dieses Friede-Freude-Eierkuchen-

Getue doch nicht echt sein kann. Mudda ist nur noch am Meditieren und das ist eigentlich das eindeutige Zeichen, dass es ihr gerade nicht gut geht. Und Papa läuft mit einem Dauergrinsen durch die Gegend, das aussieht, als hätte er es sich irgendwo hinter den Ohren festgetackert. Da soll mal einer schlau werden aus den beiden. Letztens habe ich ein Gespräch zwischen ihnen belauscht:

Warum willst du dich denn nicht scheiden lassen?

Ich will ja, aber ich hab mal überschlagen, was uns das kostet...

So TEUER ist eine Scheidung?

Du hast Recht, wir können uns nicht scheiden lassen.

Papa hat Mudda tatsächlich getröstet, weil sie sich nicht scheiden lassen können. Verstehst du das, Jan? Sind deine Eltern auch so komisch drauf?

In der Theater-AG haben sie jetzt gemerkt, dass ich doch nicht auf Kommando weinen kann.

Kröten-Caro ist total aus ihrer Rolle gefallen. Was ich mir alles anhören musste! Von wegen, das würde ich extra machen, um ihren Auftritt zu ruinieren. Ich würde sie hassen ... und so weiter. Also, das würde ich jetzt nicht sagen. Hass ist ein genauso intensives Gefühl wie Liebe, sagt Mudda immer. Das bringt man nur ganz außergewöhnlichen Leuten entgegen, aber bestimmt nicht Kröten-Caro.

Zum Glück konnte ich mich rausreden. Ich habe einfach gesagt, dass mich das ständige Heulen zu sehr mitnimmt und ich erst wieder bei der Aufführung richtig weinen werde. Frau Sauerwein hat das zum Glück verstanden. Sie erklärte den anderen, dass Schauspieler an etwas sehr Trauriges denken, wenn sie auf der Bühne weinen sollen, und so etwas könne sehr belastend sein. Das wusste ich bis dahin auch nicht, aber es klang einleuchtend. Wenigstens habe ich jetzt erst mal meine Ruhe. Aber ich habe nicht den leisesten Schimmer, wie ich das mit dem Heulen bei der Aufführung hinkriegen soll.

Der Troll nervt mich auch nur. Letztens hat er mit zwei Jungs und einem Mädchen *Star Wars* in unserer Wohnung gespielt. Ich wusste nicht, dass er auch mit Mädchen spielt. Dachte immer, er findet uns eklig. Jedenfalls wurde es ziemlich laut. Wir haben eine Vier-Zimmer-Wohnung mit einem recht geräumigen Flur, die ideale Kampfarena. Du kannst dir vorstellen, wie das abging. Mann, am nächsten Tag haben wir eine Mathearbeit geschrieben. Doch als ich in den Flur gekommen bin und „Ruhe, ich muss lernen!" gebrüllt habe, hat mir das Mädchen nur ihr neonpinkes Plastikschwert in den Bauch gepikst und geschrien:

Da hab ich sie erst mal verdutzt angeguckt und mich für einen Moment geschmeichelt gefühlt. Bis Tim mich aufgeklärt hat, dass das nichts mit mir zu tun habe, weil die Prinzessin eigentlich Leia Organa heiße und Tammy (das neonpinke Schwertmädchen, wer sonst) das falsch ausgesprochen habe. „Brauchst dir also nichts einzubilden", sagte Tammy, die in meinen Augen hohlste Nuss unserer Galaxie. Und plötzlich fügte sie noch hinzu: „Ich kann auf Kommando pupsen. Hör mal!" Und dann ließ sie den ohrenbetäubendsten Furz ertönen, den ich jemals vernommen habe. „Bäh! Wäh!", schrien die Jungs, doch sie lachten sich halb tot dabei, während ich vor der heranziehenden Stinkewolke in mein Zimmer geflüchtet bin. Jetzt weiß ich endgültig, dass der Troll nicht ganz klar im Kopf ist: Normale Mädchen findet er eklig, aber eklige Mädchen sind anscheinend richtig toll. Ich lebe umgeben von Irren, Jan! Dummerweise werde ich das Gefühl nicht los, dass ich da gut reinpasse.

Natürlich hab ich dem kleinen Giftzwerg schön brav weiterhin seine Gummibärchen-Schoki-Rate gezahlt, weil ich jetzt ja erst recht nicht wollte, dass du etwas erfährst. Um mich vollends zu demütigen, hat er zur Abwechslung mal eine andere Schokoladensorte bestellt: kein Marzipan mehr, sondern Traube-Nuss. Anscheinend werden wir uns immer unähnlicher (finde diese Sorte total widerlich und war bis heute sicher, dass die Tim auch nicht schmeckt). Ist mir nur recht. Irgendwann werde ich ihm das alles heimzahlen. Und wenn ich diese Erpressergeschichte an meiner Hochzeit vor allen versammelten Gästen erzähle! Hach, genau, das werde ich tun, dann kann er vor Scham im Erdboden versinken.

Aber erstens ist meine Hochzeit noch Lichtjahre entfernt und zweitens weiß ich nicht, ob ich überhaupt jemals heiraten werde.

Deshalb tröstete mich dieser Rachegedanke in den letzten Tagen auch kein bisschen.

Alles war doof!

Bis heute.

Heute bin ich dir in der Schule über den Weg gelaufen und du hast mich angelächelt und „Hallo" gesagt. Ich war hin und weg. Meine Nashörner, die schon fast verhungert waren, sind zu neuem Leben erwacht und tanzen durch meinen Körper. Was für ein Gefühl!

„Es war nur ein stinknormales *Hallo*", hat Pinky kopfschüttelnd gemeint, aber das war und ist mir egal. Ich kann einfach nichts dagegen tun, dein *Hallo* hat mich total glücklich gemacht.

Jetzt bin ich ziemlich durcheinander und weiß überhaupt nicht mehr, was ich tun soll.

In meiner Not greife ich zu Muddas Tarot-Karten. Bei schwierigen Entscheidungen kann man eine Karte ziehen, die einem dann für die Zukunft helfen soll. Normalerweise mache ich das nicht, weil ich nicht glaube, dass eine einzige Karte so viel über die Zukunft aussagen kann. Ich meine, das ist doch totaler Zufall.

Deshalb habe ich einfach ganz viele Karten gezogen. Die gezogenen habe ich immer wieder in den Stapel hineingemischt. Ich dachte mir, wenn eine doppelt kommt, dann kann das kein Zufall sein. Es hat ein bisschen gedauert, bis eine doppelt kam, und ich war schon ganz aufgeregt, weil ich auf die Karte mit der großen Liebe gehofft habe. Aber es wurde nur diese hier:

O. k., ist zwar nicht die beste Karte, aber ich denke, ich habe sie trotzdem verstanden. Trennen kann ich mich nicht von dir, wir sind ja nicht zusammen. Also ist die einzig richtige Entscheidung, endlich aktiv zu werden. Ich habe schon mit Pinky telefoniert und wir haben einen neuen Schlachtplan entwickelt.

Der Wagen
Zögern Sie nicht länger, sondern ergreifen Sie die Initiative. Vielleicht müssen Sie sich aber auch trennen.

Plan A:

Ich hole den Troll vom Fußballtraining ab und spreche dich an.

Plan B:

Darüber denken wir nach, wenn Plan A nicht funktionieren sollte.

Ich frage mich, wie andere Mädchen es hinkriegen. Wie schaffen sie es, einen Jungen, der ihnen gefällt, anzusprechen und dann auch noch mit ihm zusammenzukommen? Oder noch besser: Wie schaffen sie es, dass genau der Junge, den sie wollen, sie auch will? Und wie geht eigentlich das Knutschen? Ich bin ja noch ungeküsst, bis auf einen klitzekleinen Kuss in der Grundschule, aber der zählt nicht so richtig, weil der Junge meinen Mund nur halb getroffen hat. Pinky meint, ich solle mir nicht so viele Gedanken machen, aber das ist ziemlich schwer. Sie hatte ja schon ein paar Freunde und überhaupt: Selbst die angeblich ach so hässliche Paula war schon mal eine Woche lang mit Leo aus der Parallelklasse zusammen. Fast alle meine Freundinnen hatten schon einen Freund. Nur ich nicht, das ist doch völlig unnormal, oder?

Hattest du schon mal eine Freundin, Jan? Pinky glaubt nein, aber wie kann sie das wissen, wenn sie nie viel mit dir zu tun hatte?

„Jetzt geh halt einfach hin und rede mit Jan", hat Pinky irgendwann fast schon genervt gesagt. Natürlich hat sie gemeint, dass ich ganz cool über irgendwas Banales mit dir reden soll und auf keinen Fall die Regel Nummer 1 brechen darf: *Zeige einem Jungen nie, dass du ihn magst.*

„Jedenfalls nicht zu deutlich! Sei einfach nur nett, aber ganz unverbindlich. Das macht dich interessant", hat Pinky hinzugefügt und dann hat sie von irgendeinem Jungen erzählt, der sie neulich in der Bahn angesprochen hat, und zwar der Junge mit den schönsten Augen auf der ganzen Welt (findet Pinky): Fin, 16 Jahre. An mehr kann ich mich leider nicht mehr erinnern, denn ich musste die ganze Zeit darüber nachdenken, wie ich dich anspreche. Auf dem Weg zum Fußballplatz habe ich mir die perfekte Ausgangsfrage für ein langes Gespräch zurechtgelegt: „Na, wie ist Tim so als Fußballspieler?"

Aber natürlich kam alles anders.

Oh, warum habe ich meine dämliche Frage nicht gestellt? Ganz einfach: weil sie eben dämlich ist. Wenn ich Tim schon als große Schwester vom Fußballtraining abhole, dann muss ich doch wissen, wie er spielt, oder? Ich meine, das sieht doch sonst voll verräterisch aus, so als hätte ich kein Interesse an meinem Bruder und an Fußball. Stimmt ja leider auch! Ach, manno, ich glaube, ich habe mal wieder voll versagt.

Selbst der Troll merkt das. „So wird das aber nix", stellt er fest und klingt sogar ganz freundlich.

„Schnauze", entgegne ich mürrisch, während wir durch den Park hinter den Sportanlagen nach Hause gehen. „Erklär mir lieber ein paar Fußballregeln."

Tim reißt die Augen auf und grinst. „Echt jetzt?"

Ich nicke und plötzlich fängt mein kleiner Bruder ganz schön eifrig an was vom Abseits zu faseln. „Wenn ein Spieler in dem Moment, in dem er angespielt wird, allein vorm Torwart ist und kein Gegner mehr weiter vorne als er, dann steht er im Abseits. Die meisten Mädchen kapieren das nicht. Außer Tammy vielleicht."

Ach ja? Ich versuche es mir jedenfalls zu merken, um damit bei passender Gelegenheit mal glänzen zu können. Ich will gerade eine Frage stellen, als Tim plötzlich sagt: „Da ist Papa."

Ich kneife die Augen zusammen, weil mich die Oktobersonne blendet. Etwa 50 Meter vor uns läuft tatsächlich Papa. Aber er ist nicht allein. Neben ihm läuft eine Frau mit einem blonden Pferdeschwanz. Sie trägt einen Rock und eine weiße Bluse und sieht schick aus. Ganz anders als Mudda. Papa hält ihre Hand. Wo wollen die denn hin? Panik steigt in mir auf. Hoffentlich nicht zum Knutsch-Spielplatz! Nein, dafür sind sie doch viel zu alt. Leider beruhigt mich dieser Gedanke aber gar nicht. *Das Leben ist schön?* Ja, Papas Leben vielleicht! Wie Schuppen fällt es mir von den Augen. Sein Dauergrinsen galt nicht unserer tollen Familie, sondern dieser blonden Tussi! Ich kann es kaum fassen – aber Papa ist schließlich Single. Oder *war* es zumindest.

„Wieso halten die Händchen?", ruft Tim entrüstet und will losrennen. Doch ich halte ihn an der Kapuze seiner Trainingsjacke fest.

„Mudda und Papa sind getrennt", sage ich streng. „Und deshalb kann Papa machen, was er will. Auch eine neue Freundin haben."

„Aber …" Tim sieht mich verzweifelt an. In seinen Augen schimmert es wässrig.

„So ist das Leben", sage ich nur, aber ich würde am liebsten selber heulen.

Weil mir Tim plötzlich so leidtut, gehen wir noch in den Supermarkt und ich kaufe ihm heute schon seine Gummibärchen und die Traube-Nuss-Tafel. „Dafür gibt es aber am Montag keine. Und du sagst kein Wort zu Mudda über die Frau im Park, verstanden?"

„Danke", sagt Tim nur und packt die Süßigkeiten in seine Sporttasche.

Natürlich hat der Troll den Mund nicht halten können. Beim Abendessen hat Mudda erzählt, dass sie mit ihrer Freundin Gaby einen kleinen Laden aufmachen will, in dem sie Öko-Klamotten, Schmuck, ätherische Öle und andere „wertvolle Dinge" verkaufen werden. Ihre Universum-Therapie bietet sie dann nur noch nebenbei an. Wir beglückwünschen sie gerade zu dieser Entscheidung, als Tim plötzlich herausplatzt: „Papa, wer war eigentlich die blonde Frau im Park?"

Papa wird rot, steckt sich eine kleine Tomate in den Mund und nuschelt: „Eine Kollegin."

„Aber ihr habt Händchen gehalten!"

An unserem Tisch ist es jetzt sehr still. Mudda hat einen komischen Blick und ich ein komisches Gefühl. Doch dann lacht Mudda und sagt mit einer hohen, fröhlichen Stimme: „Ja, Papa hat jetzt eine Freundin. Das ist doch schön! So geht jeder seine Wege. Herzlichen Glückwunsch!"

„Danke", sagt Papa erleichtert. „Wenn ihr Hilfe bei eurem neuen Laden braucht, sag mir Bescheid. Ich bin immer für euch da."

„Danke", antwortet Mudda jetzt doch sehr frostig. Tim starrt die beiden mit offenem Mund an und mein Gefühl wird immer komischer.

Später weiß ich, warum. Als Papa nach unten in seine Wohnung verschwunden ist, hängt an Muddas Zimmertür ein Schild. Aber die

Töne dahinter klingen überhaupt nicht nach Entspannung. Leise öffne ich die Tür und da sitzt Mudda im Yogasitz auf ihrem Bett und weint Sturzbäche. „Ach, Lea", schluchzt sie, als ich mich neben sie setze. „Eine Trennung ist nie einfach." Am liebsten würde ich

mitweinen. Ich schimpfe so oft auf meine Eltern und den Troll ...
Aber eigentlich ist meine Familie das Wichtigste, was ich habe. Ich
will nicht, dass sie auseinanderbricht – doch genau das tut sie gerade.
Es ist nicht unsere Schuld – das haben Papa und Mudda immer
wieder zu Tim und mir gesagt. Natürlich nicht! Kinder sind niemals
schuld, wenn die Erwachsenen sich nicht mehr verstehen. Aber
genauso wenig können sie etwas tun, damit sich die Erwachsenen
wieder vertragen. Und so hilflos zu sein, das ist richtig schrecklich.

Früher waren Papa und Mudda so was wie ein Ritter und eine gute
Fee für mich. Sie hätten mich nie im Stich gelassen und das würden
sie auch heute nicht. Doch je älter ich werde, desto mehr Löcher bekommt ihr Heldenkostüm und darunter kommen ganz normale Menschen zum Vorschein. Irgendwie ist das auch beruhigend. Hey, Mudda
und Papa sind nicht perfekt, sie machen auch Fehler.

Und dann nehme ich Mudda in den Arm,
so wie sie es früher gemacht hat, wenn ich
mir das Knie aufgeschlagen hatte. Wir reden kein Wort. Ich wüsste auch nicht,
was ich sagen soll. Aber ich hoffe, dass
es reicht, wenn ich einfach nur da bin.

Mudda hat sich wieder beruhigt. Zumindest lässt sie sich nicht anmerken, dass ihr das mit Papa doch sehr nahegeht. Ich musste ihr hoch und heilig versprechen Papa kein Wort von ihrem Weinkrampf zu erzählen. Habe ihr daraufhin vorgeschlagen sich im Internet bei so einer Partnerbörse anzumelden, damit sie auch ganz schnell jemand Neues hat, und dann hockt Papa ja vielleicht mal so heulend unten in seiner Wohnung. Aber da hat sie nur gelächelt und gemeint, das sei nicht so ihr Ding. Selber schuld.

In der Pause hat Paula uns erzählt, dass sie jetzt doch in der „Girl-Power-AG" bei Frau Sauerwein mitmacht. Sie will endlich mutiger werden. Ich habe gesagt, dass ich es schon verdammt mutig finde, in eine AG zu gehen, in der ansonsten nur Fünftklässlerinnen drin sind. Paula hat mit zusammengekniffenen Augen erwidert, dass das gar nicht mehr so sei und dass mir die AG sicher auch guttun würde. Frido mache außerdem jetzt auch mit, und da haben Julia, Pinky und ich erst mal einen Lachanfall gekriegt – ich meine, „GIRL-POWER", hallo? Wo bitte schön ist Frido ein Girl? Da wurde Paula noch wütender und ich hab mich kurz gefragt, ob sie vielleicht auf Frido steht. (Krieg ich noch raus, wetten?) Jedenfalls hat Frau Sauerwein die AG längst umbenannt. Sie heißt jetzt „Girl-&-Boy-Power-AG". Ah, ja. Klingt wahnsinnig melodisch. Wie der Name einer Windelfirma oder so. Ich meine, einer Deutsch- und Englischlehrerin hätte ich schon bessere Ideen zugetraut.

In der Theater-AG hat Yasar mir einen Kaugummi angeboten. Ich weiß, das ist eigentlich nicht erwähnenswert. Aber normalerweise wissen Jungs wie Yasar nicht mal, dass ich existiere. Deshalb bin ich ziemlich stolz drauf. Hey, wenn dein bester Freund mir einen Kaugummi anbietet, dann habe ich bei dir vielleicht ja auch noch Chancen!

Kaugummi-Papier von deinem besten Freund!

YASAR-GUM

Ich hatte gerade einen Tagtraum mit dir, Jan. Der ging so:

oll cool, dass du dich so gut mit Bball auskennst.

O. k., es hilft alles nichts. Ich muss mich für Fußball interessieren. Und zwar SOFORT! Schließlich kann ich ja nicht über Modeschmuck und H-&-M-Klamotten mit dir reden, jedenfalls nicht, wenn ich dich begeistern möchte. Ich gehe jetzt sofort rüber in Tims Zimmer und hole mir sämtliche Fußballbücher, die er so hat.

Krass! Tim hat 28 Fußballbücher! Das hätte ich nie gedacht. Sein halbes Regal ist jetzt leer, ich hab sie mal alle mitgenommen, um in Ruhe zu gucken, welches das beste ist. Es ist auch eins mit Fußballwitzen dabei, vielleicht kann ich damit ja bei dir punkten. So nach dem Motto: „Hey, Jan, kennste den schon?"

Und dann: *Was ist der Unterschied zwischen einem Bankräuber und einem Fußballstar? Der Bankräuber sagt: „Geld her, oder ich schieße!" Der Fußballstar hingegen: „Geld her, oder ich schieße nicht!"*

Hihi, ist ja sogar ein bisschen lustig!

Mittwoch, 16. Oktober

Habe heute Abend versucht ein Champions-League-Spiel mit Papa und Tim anzuschauen. Borussia Dortmund gegen irgendwen. In der ersten Halbzeit habe ich eine Tüte Chips weggemampft. Dabei habe ich den Mats Hummels angeschmachtet, der sieht ja wirklich verdammt gut aus. Leider wurde er in der zweiten Halbzeit ausgewechselt und da bin ich eingeschlafen und erst wieder aufgewacht, als Papa und Tim in der 88. Minute „TOOOR" gebrüllt haben. Hab aber vergessen, für wen. Wahrscheinlich Dortmund, für die anderen waren sie ja bestimmt nicht. Oh, Mist, das wird echt noch ein hartes Stück Arbeit mit dem Fußball …

Gääähn! Ich muss schleunigst in mein Bett. Schlaf gut, Jan. Wenigstens haben wir heute Abend wahrscheinlich das Gleiche gemacht. Vielleicht schauen wir das nächste Spiel ja schon zusammen?

Über eine Woche ist seitdem vergangen und in meinem Leben passiert mal wieder nichts.

Mudda ist jetzt damit beschäftigt, einen Laden zu finden, den sie mit Gaby günstig mieten kann und der trotzdem ganz zentral gelegen ist. Es soll auch einen Nebenraum geben, in dem sie die Sitzungen mit ihren *zahlreichen* (das ist Ironie!) Universum-Patienten abhalten kann. Also, in meinen Augen ist dieser Nebenraum völlig überflüssig. Es kommt doch eh keiner. Ich habe noch eine weitere Theorie entwickelt, warum das Geschäft mit dem Universum so schlecht läuft: Dem Universum ist es scheißegal, was auf der Erde los ist, und das merken auch die Kunden und dafür wollen sie logischerweise kein Geld ausgeben.

Um mich kümmert sich das Universum jedenfalls überhaupt nicht.

Mein Plan war ja, mich für Fußball zu interessieren, damit wir ein Gesprächsthema haben, Jan. Dann, wenn wir endlich mal miteinander reden. Ich habe jetzt auch mehrere Fußballbücher gewälzt und mich besser vorbereitet als für die Mathearbeit letztens. Gut, das war auch nicht schwer. Mathe hasse ich noch mehr als Fußball. Und Herrn Schmidt, meinen Mathelehrer, hasse ich auch, weil er mir eine Fünf gegeben hat. Weiß noch gar nicht, wie ich das Mudda und Papa beibringen soll. Jedenfalls: Letzten Sonntag hatte ich das Gefühl, das ganze Fußballding richtig zu beherrschen, und da habe ich Pinky zu einem Fußballspiel von deiner Mannschaft geschleift.

Falls du uns wahrgenommen hast, dann nur wegen Pinky. Auffälliger ging's echt nicht. Sie hat noch weniger Ahnung von Fußball als ich vor einer Woche … deshalb hoffe ich sogar, dass du uns nicht gesehen hast. Vielleicht war es dir auch unangenehm, weil du einmal einen Gegner so übel gefoult hast. Na ja, so schlimm war das Foul ja eigentlich auch nicht. Ich meine, was muss der Typ auch so blöd in dein Bein hineinlaufen. Selber schuld, hat der keine Augen im Kopf? So was würdest du doch nie mit Absicht machen … die gelbe Karte war jedenfalls absolut unberechtigt, würde ich sagen.

Es gibt ja auch noch andere Spiele, denke ich mir, und deshalb will ich heute zum Spiel von Tim. Vielleicht hast du ja als Co-Trainer mehr Glück. Und danach könnte ich dann über den Hackentrick von Tim (den er hoffentlich hinlegen wird) mit dir fachsimpeln. Ich habe wirklich so viel über Fußball gelesen, ich weiß jetzt Bescheid über Schwalben, Elfmeter, Freistoß, Viererabwehrkette und so weiter. Habe mir überlegt, ob ich in Mathe vielleicht auch so gut werden könnte, wenn sie uns einfach mal einen schnuckeligen Lehrer da vorne hinstellen würden. Aber wahrscheinlich schließen sich Attraktivität und Mathematik einfach aus, zumindest in meinem Gehirn! O. k., auf zum Troll-Spiel. Und danach kann ich dich hoffentlich mit meinem geballten Wissen beeindrucken!

Pinky sagt, so wie man es sich vorstellt, trifft es nie ein.

Leider hat sie total Recht.

Nach dem Mittagessen bohrt Tim so hingebungsvoll mit seinem kleinen Finger in der Nase, dass er davon Nasenbluten bekommt. Zuerst nur ganz leicht, aber dann wird es plötzlich richtig heftig. Ich gebe ihm den Tipp, sich ein Stückchen Klopapier in die Nase zu stecken, bis es aufhört. Das ist ein Fehler und ich hätte es eigentlich wissen müssen. Wie konnte ich nur vergessen, dass Trolle das Gehirn von Dreijährigen besitzen?

Selbst Mudda muss das heute aufgefallen sein, denn sonst hätte sie ja bestimmt nicht so reagiert: „Tim, das gibt es doch nicht! Bist du denn drei Jahre alt, oder was? Ich fass es nicht!"

Tim hat nämlich zwei ganz kleine Kugeln aus Klopapier geformt und sie so tief in beide Nasenlöcher geschoben, dass er jetzt mit seinem Finger nicht mehr drankommt. Dafür schnauft er wie ein Nilpferd mit Schnupfen, weil ihm das Klopapier die Atemwege verstopft. „Kannst du mich jetzt zum Spiel fahren?", japst er, als wäre er schon 90 Minuten über das Feld gerannt.

Mudda schüttelt energisch den Kopf. „Auf keinen Fall! Wir fahren sofort ins Krankenhaus, die Klopapierkugeln müssen raus."

Normalerweise hätte ich einen fiesen Spruch abgelassen, so was wie „Keine Angst, es tut bestimmt nur ganz kurz weh, wenn sie dir die Nase aufschneiden". Aber gerade habe ich wirklich Mitleid mit dem Troll. Nur, ehrlich gesagt, tu ich mir selber noch viel mehr leid. Denn ich kann jetzt ja auch nicht zum Spiel.

„Ich muss aber spielen! Ohne mich verlieren wir!", ruft Tim, doch Mudda schiebt ihn einfach zur Wohnungstür hinaus.

„Das hättest du dir vorher überlegen müssen", sagt sie. „Lea, kannst du bitte Tims Trainer anrufen? Die Nummer liegt im Kästchen beim Telefon. Danke!"

„Wehe, du sagst, dass ich mir Klopapier in die Nase gesteckt habe!", brüllt Tim noch, dann fällt die Wohnungstür ins Schloss.

Seufzend gehe ich zum Telefon. Das war's also, mein Fachgespräch mit dir über Fußball verschiebt sich auf unbestimmte Zeit. Ich wühle in dem Kästchen, in dem viele Zettel wild durcheinanderliegen, und habe bald den richtigen gefunden: *Tim Fußball* steht darauf und darunter der Name seines Trainers mit Telefonnummer und darunter – JAN WILDEMANN mit Telefonnummer. Ich glaub, ich raste aus! Irgendeins von den Nashörnern ist wach geworden und poltert durch meinen Bauch. Mudda und Tim kennen deine Handynummer und keiner sagt mir was davon? Ruhig, kleines Nashorn, ganz ruhig. Ich versuche meine Gedanken zu sammeln.

Was ich jetzt mache, ist ja wohl glasklar. Ich hole mein Handy und wähle deine Nummer. Mein Herz schlägt irgendwo in meinem Hals und verstopft mir die Luftzufuhr. Noch während ich glaube, dass ich kein Wort herausbekomme, meldest du dich auch schon.

"Jan hier. Hallo? – Hallo, wer ist denn da?"

Ich muss was sagen, schnell, sonst legst du auf. Mit aller Gewalt schlucke ich den Klops in meinem Hals hinunter. „Äh, hallo, hier ist Lea."

„Wer?" Du bist ein bisschen atemlos, wahrscheinlich läufst du gerade irgendwo entlang.

„LEA! Die Schwester von Tim."

„Ah … oh, hallo Lea. Sorry, dass ich dich nicht erkannt habe. Was gibt es denn?"

„Ich wollte nur sagen, dass Tim heute nicht spielen kann, weil er sich zwei kleine Kugeln Klopapier in die Nase gesteckt hat, die er alleine nicht mehr rausbekommt und die deshalb im Krankenhaus rausgeholt werden müssen."

Stille, dann ungläubiges Gelächter am anderen Ende. „Was?"

Ich schließe kurz meine Augen. Tim wird mich umbringen. Zu Recht! Ich wollte doch eigentlich sagen, dass er überraschend ganz schlimme Halsschmerzen gekriegt hat. Aber ich weiß auch nicht, warum: Ich konnte dich nicht anlügen. „Jan, können wir kurz zurückspulen?" Hört sich das gerade cool an? „Bitte vergiss, was ich eben gesagt habe. Tim will nicht, dass ihr das wisst. Kannst du den anderen sagen, dass er schlimme Halsschmerzen bekommen hat?"

Kurze Pause. „Alles klar. Du bist ja 'ne nette Schwester."

Mein Nashorn schlägt einen Salto nach dem anderen. Hast du das

gerade wirklich zu mir gesagt? Und du bist ein total netter Typ, will ich antworten. Ein netter und unglaublich süßer Typ, ein …

„O. k., ich muss in die Umkleide. Danke für deinen Anruf."

Du legst auf und ich? … könnte mit meinem Nashorn über unser Parkett tanzen, so glücklich bin ich.

Heute war eine Fotografin in der Theater-AG und hat Fotos gemacht, richtig professionell. Die Fotos kommen aufs Plakat, ins Programm und ins Jahrbuch. Sie hat ein paar Szenen geknipst und danach auch noch Einzelbilder von uns gemacht. Die ganze Zeit hab ich gedacht, dass die Frau unglaublich toll aussieht, wie Angelina Jolie – o. k., nicht ganz, aber ein bisschen, sie hat so tolle lange Haare und eine supernette Ausstrahlung. Irgendwie hatte ich das Gefühl, ich kenn sie, und kurzzeitig habe ich mir sogar eingebildet, sie könnte tatsächlich

berühmt sein. Allerdings kenne ich keine einzige berühmte Fotografin. Na ja, als ich an die Reihe kam, hat sie zu mir gemeint, ich solle ihr doch ein bisschen was von mir erzählen, während sie durch ihre Kamera geguckt hat. Weil ich so aufgeregt war, hab ich geantwortet, dass mir jetzt gar nichts einfällt und sie mir doch dafür was von sich erzählen kann. Da hat sie gelacht und tatsächlich angefangen ein bisschen mit mir zu plaudern. Dass sie eigentlich Mode-Fotografin ist, aber weil ihr Sohn auch hier zur Schule geht, hat sie sich bereit erklärt zwischendurch die Fotos fürs Jahrbuch zu machen. Als sie das mit dem Sohn gesagt hat, hab ich mir gedacht, wie cool es wäre, wenn du ihr Sohn wärst, und hab mir das einfach gewünscht. Währenddessen hat die Frau die ganze Zeit auf den Auslöser gedrückt. Irgendwann meinte sie, dass ich ein schönes natürliches Lächeln hätte, und da hab ich vor lauter Glück noch mehr gelächelt und dabei kam dann tat-

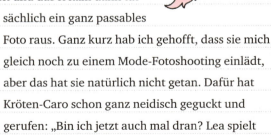

sächlich ein ganz passables Foto raus. Ganz kurz hab ich gehofft, dass sie mich gleich noch zu einem Mode-Fotoshooting einlädt, aber das hat sie natürlich nicht getan. Dafür hat Kröten-Caro schon ganz neidisch geguckt und gerufen: „Bin ich jetzt auch mal dran? Lea spielt doch nur die Magd."

gd, Lea Kirchberger

Daraufhin hat die Fotografin noch ganz tolle Fotos von Frobella gemacht und Kröten-Caro dabei immer wieder gelobt, wie fotogen sie sei. Und dann hat sie ihr doch tatsächlich ihre Visitenkarte hingehalten und gesagt, dass Caro ja mal in ihrem Studio für ein Probeshooting vorbeischauen könne, wenn sie Lust habe. Kröten-Caro sah aus, als würde sie die Fotografin gleich küssen, und hat die Karte genommen und gesagt: „Oh, danke, Frau Wildemann!"

Ja, und da bin ich fast in Ohnmacht gefallen.

Ich meine, Jan, ist das denn zu fassen? Jetzt kenne ich deine Mutter besser als dich, oder zumindest habe ich in wenigen Minuten mehr mit ihr geredet als mit dir in den letzten zwei Monaten. Aber das Abgefahrenste ist doch, dass ich mir gewünscht habe, dass sie deine Mutter ist, und dann ist sie es auch wirklich. Anscheinend erfüllt das Universum doch Wünsche. Nur, warum ausgerechnet die mickrigsten? Schließlich habe ich mir auch gewünscht, dass sie mich zum Fotoshooting einlädt, und das hat ja eindeutig nicht geklappt. Stattdessen spaziert jetzt Kröten-Caro da hin und dann kommt ihr euch vielleicht näher und … ich mag gar nicht daran denken. Da bekomme ich gleich wieder Komplexe. Nicht dass ich schon genug davon hätte …

Oma Marion hat mal gesagt, Männer suchen sich Frauen, die wie ihre Mutter sind. Toll, dann ist ja wohl klar, dass du eher Kröten-Caro nimmst als mich, denn ich bin nur natürlich, aber Kröten-Caro ist hübsch. Und deine Mutter ist auch hübsch. Aaaahhh, ich könnt schon wieder heulen!

Mein einziger Trost: Als Oma das gesagt hat – das mit den Männern, die Frauen wie ihre Mütter suchen –, hat sie noch ganz schwer-

Pff!

Pah!

mütig hinzugefügt, dass nur ihr eigener Sohn da leider eine große Ausnahme sei. Da hat sie Recht. Mudda und Oma Marion haben ungefähr so viel gemeinsam wie eine frisch geöffnete Bio-Limonade mit einem kalten Milchkaffee. Es gibt also noch Hoffnung für mich, dass du auch eine der großen Ausnahmen bist, Jan.

Schon wieder zwei Wochen rum und ich bin kein Stück weitergekommen. Folgendes ist passiert: Pinky und ich haben endlich mal über Plan B nachgedacht. Leider ist wenig bis nichts dabei herausgekommen. „Halte dich an Yasar", sagt Pinky, als wir nach der Schule in einem coolen Laden sämtliche Mützen und Hüte aufprobieren, die dort so herumliegen. „Über seinen besten Freund kommst du bestimmt an ihn ran."

Keine schlechte Idee, sie hat nur einen Haken. „Yasar ist so ein Obercooler, den trau ich mich erst recht nicht anzusprechen."

„Bist du in den etwa auch verknallt?" Pinky hat sich eine knallpinke Strickmütze mit Ohrenklappen aufgesetzt und dreht sich blitzschnell zu mir um.

Ich muss lachen. „Nein, aber wir reden nie viel miteinander. Obwohl wir beide in der Theater-AG sind."

Pinky seufzt. „Das Leben ist hart. Wie sehe ich mit der Mütze aus?" Ihre beiden Zöpfe drücken sich wie zwei Hörner durch die Wolle. Ich grinse. „Wie ein Pinky-Teufel!"

Ich habe ein cooles Perlenarmband für Pinky gemacht. Nächsten Samstag steigt nämlich ihre Geburtstagsparty und da werde ich es ihr schenken. Mir habe ich auch gleich eins gemacht. Es war ganz einfach und sieht dafür echt rattenscharf aus, finde ich.

In Deutsch habe ich eine Zwei im Aufsatz „Bildbeschreibung" bekommen. Als ich mein Heft aufschlage, höre ich Kröten-Caro: „Nein! Ich habe eine Eins! Das hätte ich ja nie gedacht." Ich hasse diese Mädchen, die vorher immer so tun, als wäre die Arbeit ganz mies gelaufen, und dann einen Anfall vor lauter Überraschung über ihre gute Note bekommen.

Frau Sauerwein hat mir unter meine Arbeit geschrieben: *Eine erfreuliche Leistung! Noch erfreuter wäre ich über eine Zwei in mündlicher Mitarbeit.* Ich auch! Wer macht denn hier bitte die Noten? Ich oder Frau Sauerwein? Na ja, jedenfalls bin ich ziemlich froh über die Zwei, jetzt kann ich Mudda und Papa endlich auch die Fünf in Mathe beibringen. Dachte mir, die hebe ich besser mal auf, mit einer Zwei in Deutsch daneben sieht es doch gleich nicht mehr so schlimm aus.

Papa hat uns vor kurzem eröffnet, dass seine Kollegin und er nun doch kein Paar mehr sind. Er ist jetzt also wieder Single. Dazu hat Mudda nichts gesagt, aber sie hat von einer Backe zur anderen gegrinst. Ich muss zugeben, dass ich mich auch ganz doll gefreut habe. Zum Glück hat Mudda sich nicht auf der Partnerbörse im Internet angemeldet. Am Ende hätte sie sonst jetzt einen Neuen.

Du und Kröten-Caro seid zum Glück auch kein Paar. Ich habe Kröten-Caro ganz lange nicht mehr mit dir zusammen gesehen und überlege dauernd, was der Grund dafür sein könnte: 1. Sie ist sauer auf dich, weil du aus der Theater-AG raus bist. 2. Sie wollte über dich nur an deine coole Mutter ran, um zum Fotoshooting eingeladen zu werden. (Das wurde sie ja jetzt, also braucht sie dich nicht mehr.) 3. Das Foto-shooting war der totale Flop und das ist ihr so megapeinlich, dass sie sich bei dir nicht mehr blickenlassen kann. (Ich bin echt gehässig, aber das würde ich ihr gönnen.) 4. Ihr redet nicht mehr miteinander, weil ihr gemerkt habt, dass ihr kein Stück zusammenpasst. (Das wäre einfach wunderbar.) 5. Ihr trefft euch heimlich. (Wobei es dafür kei-nen ersichtlichen Grund gäbe.)

Alle Überlegungen waren für die Katz: In der Pause habt ihr wieder zusammen rumgestanden. Hast du schon mal ein Nashorn pupsen hören, Jan? So in etwa haben sich die Geräusche angefühlt, die mein Magen bei eurem Anblick gemacht hat. (Zum Glück musste ich nicht wirklich pupsen, das wär sonst ja megapeinlich geworden.) Doch als ich an euch vorbeigegangen bin, hast du mich wieder angelächelt und

schubber schubber

„Hallo" gesagt. Wenn es mein Nashorn wirklich gibt, dann ist es in diesem Moment ganz ruhig geworden und hat seinen Kopf an meinem Bein gerieben. Ein „Hallo" von dir ist nämlich mittlerweile etwas Vertrautes und deshalb konnte ich lächelnd ein bezauberndes „Hallo" erwidern. O.k., ich hoffe, dass es bezaubernd war, ich habe es mir einfach mal eingebildet. Kröten-Caro hat jedenfalls ganz blöd geglotzt und, na ja, jetzt ist sie plötzlich tierisch nett zu mir. In der letzten Theaterprobe hat sie sogar geholfen das Huhn Elsa einzufangen. Elsa flattert nämlich öfters mal weg, anscheinend ist Theater nicht so ihr Ding. Kann ich voll verstehen. Ich bin auch einfach nur froh, wenn diese Aufführung endlich vorbei ist.

Gack!

Tja, aber das mit dir ist so ein Ding! Alle paar Tage laufen wir uns über den Weg, lächeln uns an und sagen einfach nicht mehr als „Hallo". Ich komme mir schon vor wie in einem Computerspiel, bei dem man „Hallos" und „Lächeln" sammeln muss – ich weiß nur nicht, wie viele ich brauche, um endlich mal ins nächste Level zu kommen. Das kann doch nicht ewig so weitergehen, oder? Ich meine, am Ende bist du voll langweilig und ich habe mehrere Monate meines kostbaren Lebens verschwendet …

TIME OVER

Sie haben 999
"HALLOS"
gesammelt und es leider nur bis in das Langweiler-Level geschafft

Nein, natürlich bist du nicht langweilig. Zumindest wollte ich genau das auf Pinkys Party herausfinden. Doch heute in der Pause gesteht Pinky mir, dass du die Einladung über Facebook noch gar nicht angenommen hast! Wir sitzen auf unserer Graffiti-Mauer am Ende des Schulhofs. Pinky hat einen ultrakurzen Rock an, dazu bunt geringelte Strumpfhosen, und sie hat schon wieder neue Stiefel, wie ich neidisch feststelle. Aus ihrer Mini-Schultasche holt sie ein Käsebrot heraus.

„Na, toll, dann kommt er also nicht zur Party!", motze ich.

„Wer kommt nicht zur Party?" Paula und Julia schwingen sich zu uns auf die Mauer. „Etwa der Jan?", fragt Paula grinsend.

Ich werde natürlich rot und Julia singt laut: „Ei, ei, ei, was seh ich da – eine verliebte Leeea!"

Jetzt werde ich tiefrot. Pinky neben mir grinst auch und ich schaue sie wütend an. „Hast du ihnen das gesagt, oder was?"

Pinky schüttelt empört den Kopf, während sie in ihr Käsebrot beißt, und Paula sagt lachend: „Danke, damit hast du es uns bestätigt. Es ist aber auch so nicht zu übersehen, wie du den Jan immer anglotzt."

„Und er guckt dich auch ständig an", fügt Julia hinzu.

Überrascht starre ich zu ihr hin. „Echt jetzt?"

„Nee, war nur Spaß!"

Toll, das hätte ich mir ja auch denken können.

Pinky springt plötzlich von der Mauer. „Los, wir fragen ihn jetzt, warum er sich auf meine Facebook-Einladung noch nicht gerührt hat." Zielstrebig läuft sie voran und ich folge ihr zögerlich. Paula und Julia kommen auch noch kichernd hinterher. Du stehst am anderen Ende des Pausenhofs und machst irgendwelchen Quatsch mit Yasar. So wie sich Pinky vor euch beiden aufbaut, erinnert sie mich irgendwie an Frau Sauerwein. Die guckt auch immer so streng, wenn sie fragt: „Warum habt ihr eure Hausaufgaben nicht gemacht?"

Oh NEIN, was rede ich eigentlich für einen Schwachsinn? Paula und Julia hinter mir lachen sich einen ab, ich sage schleunigst „Tschüss" und verschwinde. „Bis später bei der Probe!", höre ich noch Yasar rufen. „Ja, bis dann", erwidere ich. Kann mir irgendjemand mal sagen, warum mein Gehirn immer genau dann in den Energiesparmodus schaltet, sobald ich vor dir stehe? ICH WILL EINFACH NUR NORMAL SEIN! Oder ist DAS normal?

Bei der Theaterprobe flattert Elsa schon wieder hysterisch gackernd davon.

Während wir alle hinter ihr herrennen, zetert auch noch Frau Sauerwein aufgelöst: „Das ist ja wie im Hühnerstall! Was machen wir nur mit diesem verrückten Huhn? Sollen wir nicht doch lieber eins aus Plüsch besorgen?"

„Das kommt ja überhaupt nicht in Frage!", widerspricht Kröten-Caro, während sie ihre Vampirschminke in einem kleinen Handspiegel überprüft. „Das Schlachtmotiv kommt doch gar nicht zur Geltung, wenn Lea ein totes Plüschhuhn über die Bühne trägt!"

Wie immer pflichtet Frau Sauerwein ihrer Lieblingsschülerin bei. Yasar hat Elsa schließlich eingefangen und gibt sie mir. „Schön festhalten jetzt", sagt er lächelnd und zwei Vampirzähne blitzen hervor. Gruselig.

„Yasar, gib Frido endlich sein Vampirgebiss zurück", ruft Frau Sauerwein.

Murrend holt Yasar die Zähne aus seinem Mund. „Kann ich nicht doch der böse Vampir sein? Bitte, bitte!" Er hört sich an wie ein kleiner Junge.

Frau Sauerwein seufzt. „Das haben wir doch schon ausdiskutiert. Frido müsste zehn Kilo abnehmen, um in deinen Anzug reinzupassen. Aber das schafft er bis zum 6. Dezember nicht mehr, also los."

Frido nimmt das versabberte Gebiss von Yasar und hält es angeekelt in der Hand.

„Vielleicht könnten wir Elsa eine Beruhigungsspritze geben?", überlegt Frau Sauerwein weiter.

„Aber das ist Tierquälerei!", ruft Frido empört. „Außerdem wirkt Elsa auch nicht lebendiger, wenn sie die Aufführung verschläft."

„Und wenn wir ihr eine Leine umlegen?"

„Dafür ist der Hals nicht stabil genug. Die Leine würde das Huhn erwürgen."

„Und um den Körper binden?"

„Alles Tierquälerei", sagt Frido und Frau Sauerwein gibt auf. Frido rennt schnell aufs Klo und spült das Vampirgebiss ab.

Nach der Probe passiert etwas Komisches. Yasar bleibt vor mir stehen. „Hast du Lust, heute Abend mit ins Kino zu kommen?"

Das ist noch nicht das Komische, obwohl ich nie im Leben gedacht hätte, dass Yasar mich das mal fragen könnte. Nein, das Komische ist, dass plötzlich ein paar Nashörner mit den Hufen scharren. *Halte dich an Yasar,* höre ich Pinkys Stimme in meinem Kopf.

„Ja, voll gern!", strahle ich ihn an. Endlich, wir gehen zusammen ins Kino, Jan! Es ist ja wohl logisch, dass du und ein paar andere Freunde von ihm da auch dabei seid, denke ich mir. Sonst hätte Yasar ja gefragt, ob ich mit ihm allein ins Kino will.

„Dann bis heute Abend um sechs", sagt Yasar und verschwindet.

„Du und Yasar?", fragt Kröten-Caro im Vorbeigehen und mit hochgezogenen Augenbrauen.

„Ja, und noch ein paar andere", erwidere ich genervt.

Auf dem Heimweg versuche ich drei Mal Pinky anzurufen. Aber es meldet sich immer nur die Mailbox. Wo ist sie nur?

Es ist 17:30 Uhr und ich bin noch nicht fertig. Andererseits könnte man auch sagen, ich bin fix und fertig. Die letzten zwei Stunden habe ich den gesamten Inhalt meines Kleiderschranks durchprobiert, um festzustellen, dass ich dringend wieder mit Pinky shoppen gehen muss. Mein Zimmer sieht aus, als hätte die Mode-Mafia zugeschlagen – überall türmen sich Kleiderberge, die als untragbar durchgefallen sind. Ich habe eine Leggings und ein viel zu dünnes Sommershirt an, weil es das einzig coole Teil ist, das ich habe. Was soll's, im Kino ist es ja warm, ich ziehe einfach noch eine Strickjacke drüber und natürlich meinen Sternenschlauchschal. Ich würde mich gerne auch schminken, aber weil ich das nie mache, lass ich es jetzt lieber. Wer weiß, wie ich dann aussehe. Die Zeit ist auch viel zu knapp. Meine Haare trage ich zur Feier des Tages offen. Schnell schlüpfe ich im

ICH ENTSPANNE

Flur in meine Boots und meine schwarze Kunstlederjacke. An Mamas Zimmertür hängt wieder das Schild. „Ich bin im Kino!", schreie ich durch die geschlossene Tür und renne auch schon das Treppenhaus hinunter zur Bahn.

Gerade so erwische ich sie noch. Um 17:58 Uhr komme ich ein wenig atemlos am Kino an. Alle Aufregung umsonst, du bist noch gar nicht da. Noch keiner ist da, außer Yasar. „Hi Lea", sagt er und umarmt mich. Dann geht er zur Kinokasse. Verdutzt bleibe ich stehen. Yasar dreht sich um. „Was ist?", fragt er.

„Wo … wo sind denn die anderen?"

„Welche anderen?", entgegnet Yasar verwundert.

Und jetzt kapier ich es! Oh, wäre Pinky doch vorhin nur an ihr Handy gegangen – die hätte mir schon gesagt, dass ich KEIN Date mit dir habe. Sondern mit YASAR! Wie konnte ich nur SO blöd sein? Jeder hätte das gecheckt, nur ich natürlich nicht! Ich fühle mich, als würde ein Nashorn in mir eine Arschbombe machen und „Ätsch-bätsch, selber schuld!" rufen.

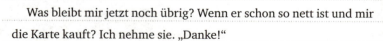

Yasar hält mir eine Kinokarte hin. „Hier, bitte!"

Was bleibt mir jetzt noch übrig? Wenn er schon so nett ist und mir die Karte kauft? Ich nehme sie. „Danke!"

„Bitte. Ich bekomme noch sieben Euro von dir."

„Natürlich."

Ich will mir noch Popcorn kaufen, doch Yasar sagt, er habe was viel Besseres. Und dann zieht er doch tatsächlich eine Tüte mit Lebkuchenherzen aus seinem Rucksack. LEBKUCHEN. Wir haben nicht mal Dezember. HERZEN. Wie peinlich ist das denn? Ich habe mir schnell doch eine kleine Tüte Popcorn geholt.

„Das soll voll der coole Horrorfilm sein", sagt Yasar, als ich zurückkomme.

Auch das noch! Aber nicht nur auf der Leinwand spielt sich der Horror ab. Lieber Jan, ich traue mich fast gar nicht zu schreiben, was im Kino passiert ist. Deshalb zeichne ich es besser.

AAAAHHH!!!! Wie konnte das nur passieren? Ich hätte nie gedacht, dass der Besuch eines Horrorfilms mein Leben in dergleichen verwandeln könnte. Der böse Vampir hat mich geküsst! Ja o. k., Yasar spielt den Menschensohn, aber er war mal der böse Vampir und er wäre es gern immer noch, das reicht. Mein erster richtiger Kuss, und ich habe ihn nicht von dir bekommen. Das ist voll schlimm! Aber das Allerschlimmste ist, dass doch tatsächlich ein paar Nashörner in mir losgehoppelt sind, als Yasar mich geküsst hat. Ich versteh das alles nicht!

„Schön, dass wir jetzt zusammen sind", sagt Yasar, als wir aus dem Kino rausgehen.

Irgendeins der Nashörner spießt mein Herz auf. „Ich glaube, wir sind nicht zusammen", sage ich leise.

„Nicht?", fragt Yasar erstaunt. „Warum hast du mich dann geküsst?"

„Du hast mich geküsst!", rufe ich empört.

„Aber du hast mich zurückgeküsst!"

„Hab ich das?" Jetzt bin ich vollkommen verwirrt.

Yasar nimmt meine Hand. „Ach komm, wir können es doch mal probieren."

Ich schüttle den Kopf, hoffentlich hat er das gesehen, denn ich bekomme gerade keinen Ton mehr heraus und es ist schon dunkel. Er hält weiterhin meine Hand und ich schaffe es nicht, sie wegzuziehen. Warum nicht, verdammt noch mal?!

Yasar ist ein netter, hübscher Typ (hab ich schon mal erwähnt, glaube ich). Und wenn ich nicht gerade den längsten Liebesbrief der Welt an dich schreiben würde, Jan, dann könnte ich vielleicht sogar mit ihm zusammen sein. Aber eigentlich fühle ich mich, als würde ich dich betrügen. Obwohl wir gar nicht zusammen sind! Das ist doch alles total bescheuert!

Als ich nach Hause komme, ist es schon fast neun und ich begegne Mudda und Papa im Flur. Sie haben ihre Mäntel an und sehen aus, als würden sie gerade die Wohnung verlassen. „Wollt ihr noch weg?", frage ich verwundert.

„Jetzt nicht mehr", sagt Papa und zieht seinen Mantel aus.

Mudda umarmt mich. „Lea, Kind, ich bin ja so froh, dass du da bist. Wir wollten gerade los, dich suchen." Plötzlich schlägt ihre Stimme um und bekommt einen strengen Tonfall. „Wo warst du? Wie kommst du dazu, unter der Woche bis neun Uhr wegzubleiben? Und warum hast du uns schon wieder nicht Bescheid gesagt?"

„Das habe ich doch!", versuche ich mich zu verteidigen. Es stellt sich heraus, dass Mudda um halb sechs gar nicht mehr zu Hause war, sondern mit Gaby einen Laden in der Innenstadt besichtigt hatte. Das Entspannungsschild hatte sie vergessen abzuhängen. Toll, diesmal kann ich ja wohl wirklich nichts dafür! Ich muss mich immer abmelden, aber Mudda hätte mir schließlich auch mal Bescheid sagen können, dass sie weggeht.

„Das habe ich!", entgegnet sie entrüstet. „Du solltest mir besser zuhören!"

Okidoki, ich bin erst 13 Jahre alt und in Zukunft werde ich die Wohnung (und die darunter) nach meinen Erziehungsberechtigten absuchen, bevor ich sie verlasse. Darauf haben wir uns jetzt geeinigt.

Ich liege in meinem Bett und bin immer noch völlig durcheinander. Mudda und Papa habe ich erzählt, dass ich mit Freunden im Kino war, was auch sonst. Pinky schreibe ich eine SMS.

Zwei Minuten später vibriert mein Handy. Pinky ist beim selben Anbieter wie ich und kann mich mit ihrer Flatrate immer kostenlos anrufen. Das ist ziemlich praktisch. Sie klingt ganz atemlos. „Meine Fresse, du und Yasar! Das hätte ich ja nie gedacht – wie cool!"

⇨ Pinky

War mit Yasar im Kino. ALLEIN. Wir haben geknutscht und er denkt, wir sind zusammen. Alles SCHRECKLICH!

Ich erkläre ihr, dass ich kein bisschen in Yasar verliebt bin und dass ich nicht weiß, wie ich aus dem Schlamassel wieder herauskommen soll.

Am wenigsten möchte ich, dass du etwas davon erfährst, Jan, aber wie soll das funktionieren?

Na toll, egal was ich tue, es wird das Falsche sein.

„Mach einfach nix", rät Pinky mir. „Vielleicht hat sich das Problem morgen schon in Luft aufgelöst. Jungs sind außerdem anders als Mädchen ..."

„Was für eine Neuigkeit!"

„... die reden untereinander nicht über ihre Beziehungen."

„Woher willst du das wissen? Ich dachte immer, Jungs geben damit an, wenn sie ein Mädchen geküsst haben." Ich weiß auch nicht mehr, woher ich das habe. Wahrscheinlich in irgendeiner Mädchenzeitschrift gelesen.

Pinky lacht. „Nur die Volltrottel-Jungs geben damit an. Ich glaube, Yasar ist nicht so. Übrigens muss ich dir auch was erzählen. Erinnerst du dich noch an Fin? Den Jungen mit den schönsten Augen auf der ganzen Welt? Mit dem bin ich seit heute Mittag zusammen ..."

Deshalb ist sie nicht an ihr Handy gegangen! Sie musste sich gerade um ihr eigenes Glück kümmern. Warum sollte auch nur in meinem Leben etwas passieren? Bei Pinky hört es sich allerdings viel cooler an: Sie war mit Fin im Eisstadion beim Schlittschuhlaufen. Dabei haben sie Händchen gehalten und schon ist aus ihnen ein Paar geworden. „Er findet meine neue pinke Mütze total cool", sagt Pinky und kichert. „Ich hab ihm erzählt, dass du *Pinky-Teufel* zu mir gesagt hast, und jetzt nennt er mich auch so, ist das nicht süß?"

Ja, wahnsinnig süß! Dieser Fin scheint megakreativ zu sein, wenn ihm kein eigener Kosename für seine Freundin einfällt. Aber was soll's! Pinky ist anscheinend mit dem richtigen Jungen zusammengekommen, im Gegensatz zu mir. Wie schön für sie! Bin ich neidisch oder was? So richtig kann ich mich jedenfalls nicht freuen. Was mache ich nur mit Yasar?

„Ich regele das für dich", sagt Pinky.

„Aber wie denn?"

Pinky macht eine lange Pause. Als ich überzeugt bin, dass sie eingeschlafen ist, antwortet sie endlich. „Das muss ich mir noch überlegen. Jetzt schlafen wir erst mal! Bis morgen, gute Nacht."

Ich hab ziemlich schlecht geschlafen und dementsprechend ist meine Laune. Die ganze Nacht habe ich wirres Zeug geträumt, von dir und Yasar. Zu guter Letzt habt ihr gegeneinander geboxt, um mich! Ha, dass ich nicht lache. Mein Unterbewusstsein hat auch schnell gemerkt, dass das nicht sein kann, denn schließlich bin ich in den Ring gestiegen, habe dir die Boxhandschuhe abgenommen und dann hab ich Yasar so lange auf den Mund gehauen, bis er völlig erledigt am Boden lag.

Was für 'ne Powerfrau!

Gerade ist mir auch noch eingefallen, dass ich vor lauter Aufregung gestern gar nicht daran gedacht habe, dem Troll seine Gummibärchen-Rate

zu zahlen. Er hat aber anscheinend auch nicht daran gedacht, jedenfalls hat er noch nichts gesagt. Und so unglaublich fies kann er nicht
sein, dass er deshalb sofort zu dir rennen würde und dir alles erzählt.
Obwohl? Fände ich das eigentlich wirklich so schlimm? Ich frage
mich, was du von mir denken würdest, wenn du das alles wüsstest,
Jan. Würdest du mich für total gestört halten, weil ich dir so einen
langen peinlichen Liebesbrief schreibe, oder fändest du es vielleicht
süß? Egal, selbst wenn du es süß fändest – mit dem Abend gestern
hab ich mir wohl alles verbaut. Wer will schon eine, die sich von
seinem besten Freund knutschen lässt? Und dass ich mich nicht einmal gewehrt habe, ist sowieso unfassbar. Das ist so was von mäd-
chenhaft! O.k., ich bin ein Mädchen – aber hab ich wirklich so wenig
Girl-Power? Vielleicht sollte ich doch in die AG gehen – Frau Sauerwein weiß sicher, was man in solchen Situationen tun muss.

   Oh Gott, wie tief bin ich gesunken, wenn ich schon Hilfe bei meiner verschrobenen Klassenlehrerin suchen muss? Ich hätte Yasar eine
knallen sollen und dann aus dem Kinosaal rausrennen müssen, das
wäre richtig gewesen. Aber warum hab ich es nicht getan? Pinky hat
mich gestern Abend noch gefragt, ob mir der Kuss vielleicht doch
auch ein bisschen gefallen hat.

Und heute in der Pause fragt sie mich das schon wieder. „Bestimmt
kann Yasar gut küssen, oder?" Und dabei guckt sie mich richtig be-
gierig an, so als hätte ich schon zwanzig Jungs geküsst und sie nur

einen. Dabei ist es genau umgekehrt! Ich zucke mit den Schultern.

„Weiß nicht. Ich hab doch keine Vergleiche", sage ich und Pinky seufzt.

„Aber du musst doch wissen, ob es dir gefallen hat?"

„Das Küssen an sich war jedenfalls nicht unangenehm", gestehe ich jetzt und werde ein bisschen rot. Pinky lacht triumphierend. „Aber ich will es trotzdem nicht mit Yasar wiederholen", füge ich hinzu. „Und jetzt leise, da kommen Julia und Paula."

Julia und Paula haben zum Glück nichts mitgekriegt, sondern fragen, wo wir unser Schülerpraktikum nächstes Jahr machen wollen. Frau Sauerwein hat uns nämlich heute noch mal darauf hingewiesen, dass wir uns bis Anfang Dezember entscheiden sollen.

„Ich geh ins Krankenhaus", sagt Paula.

„Ich ins Fitnessstudio", kommt von Julia und ich unterdrücke ein Lachen und warte auf das „Quatsch, Spaß", aber es kommt keins.

„Und ich ins Tätowier- und Piercingstudio", sagt Pinky. Jetzt muss ich aber doch lachen. „Ich mein das ernst", funkelt Pinky mich wütend an. „Was willst du denn machen?"

Schmatz

Ich will gerade sagen, dass ich noch keinen blassen Schimmer habe, da sehe ich, wie Paula und Julia ihre Augen aufreißen. Sekunden später weiß ich, warum.

Ich glaub, ich spinne. Girl-Power, sagt mein Kopf, aber vor allen Leuten auf dem Schulhof kann ich Yasar natürlich auch keine runterhauen.

Stattdessen ducke ich mich und schlüpfe unter seinem Unterarm durch. An seiner Jacke ziehe ich ihn von meinen irrsinnig glotzenden Freundinnen weg. Ängstlich schaue ich mich um.

„Hat uns jemand gesehen?", frage ich.

Yasar lacht ungläubig. „Was? Ist das schlimm?"

„Yasar!" Flehend schaue ich ihn an. Ich wusste nicht, dass es so schwer ist, jemandem zu sagen, dass man nicht mit ihm zusammen sein will. Ich meine, gestern Abend hab ich es ja gesagt, aber anscheinend hat er das wirklich nicht kapiert. Oder er wollte nicht. Mein Herz verkrampft sich.

Jetzt verengen sich Yasars Augen. In seinem Kopf scheint es zu arbeiten. „Alles klar, Lea!", sagt er mit einem Mal. Und dann lässt er mich einfach stehen.

Paula und Julia kommen aufgeregt auf mich zugelaufen. „Lea!", ruft Paula völlig hysterisch. „DU und YASAR! Das ist ja unglaublich! DU und der coolste Junge der Neunten!"

„Der coolste …?", frage ich baff. Ich meine, wir wissen alle, dass Yasar gut aussieht, aber …?

„Der coolste …", wiederholt Pinky leise, die ebenfalls bei mir ist.

„Aber der coolste Neuntklässler ist Jan", sage ich verwirrt.

Julia und Paula fangen an zu lachen. „Sorry", sagt Julia. „Jan ist echt nett! Aber cool? Der ist doch viel zu kindlich."

Wieder kommt kein „War doch nur Spaß" von ihr. Die finden dich echt uncool, Jan! Und Yasar? Ich sag nur *Lebkuchenherzen*.

„Das ist doch total süß!", rufen Paula und Julia begeistert und ich versteh die Welt nicht mehr.

Ich schüttele den Kopf. „Jedenfalls bin ich nicht mit dem coolsten Jungen der Neunten zusammen. Das habe ich mir gerade versaut."

Irgendwie ist alles komisch, Jan. Ich dachte, dass die meisten Mädchen dich mindestens genauso toll finden wie ich. Aber anscheinend ist das gar nicht so. Vielleicht habe ich mich einfach völlig geirrt, vielleicht findet ja sogar Kröten-Caro gar nichts an dir? Eigentlich sollte mich das ziemlich glücklich machen. Aber irgendwie verwirrt es mich nur. Was, wenn ich Tomaten auf den Augen habe? Oder zumindest eine rosarote Brille, und du bist in echt ganz anders, als ich dich wahrnehme? Das ist theoretisch möglich. Ich habe mal einen Film gesehen, da war ein Mann in eine ganz dicke hässliche Frau verliebt, weil er sie die ganze Zeit als schlank wahrgenommen hat. Oh Gott, vielleicht bist du ja voll hässlich und blöd, und ich merke es einfach nicht? Und vielleicht ist es bei Yasar genau umgekehrt?

So sehe ich dich

So sehen dich die anderen

So sehe ich Yasar

So sehen die anderen Yasa

„Du machst dir viel zu viele Gedanken", meint Pinky später. „Geschmäcker sind eben verschieden, sagt meine Mutter immer. Und ausnahmsweise hat sie mal Recht."

Wir sitzen in Pinkys megagroßem Zimmer im Traum-Palast ihrer Eltern. O. k., es ist kein Palast, aber ein großes, stilvoll und teuer eingerichtetes Haus, das mir gegen unsere Altbauwohnung jedes Mal wie ein Schloss vorkommt. Zum Glück lässt Pinky das nicht raushängen. Ihr ist es eher peinlich, dass ihre Eltern so viel Geld haben. Vielleicht schneidet sie sich ja deshalb manchmal Löcher in ihre Strumpfhosen und läuft in zerfetzten Shirts und Jeans herum. Nein, Quatsch, das macht sie natürlich, weil sie es cool findet.

Pinky sitzt an ihrem Laptop und sucht Musik für ihre Party raus. Ihre Lieblingsbands heißen „Katzenjammer" und „Karpatenhund". Pinky war schon immer sehr tierlieb. Aber Justin Bieber kommt ihr trotzdem nicht ins Haus. Ihr Musikgeschmack gefällt mir. Nur, ohne Pinky wüsste ich ehrlich gesagt gar nicht, dass es diese ganzen Bands überhaupt gibt. Sie kann stundenlang im Internet nach neuer Musik suchen. „Das ist wie eine Sucht", sagt sie grinsend. „Nur wenn ich coole neue Musik inhaliere, geht's mir gut!"

Und dann dreht sie ganz laut ihre Lautsprecherboxen auf und wir rocken erst mal eine halbe Stunde lang durch ihr Zimmer. Dabei schütteln wir unsere Haare und alle Körperteile. Genau so, wie es uns gefällt.

Pinky nennt das die „ultimative Tanztherapie gegen schlechte Laune oder Traurigkeit". Ich habe gerade einen Spezialmix aus beidem, deshalb tut mir das Tanzen ziemlich gut. Weil Pinkys Eltern zurzeit wieder unterwegs sind, kreischen wir lauthals alle Liedtexte mit.

Was hörst du eigentlich so für Musik, Jan? Meine Lieblingsband ist „Silbermond", ihre Lieder gefallen mir richtig gut. Die Sängerin Stefanie finde ich voll hübsch, so würde ich auch gern aussehen.

Das sage ich auch zu Pinky, als wir uns völlig ausgepowert auf ihr großes Bett fallen lassen. „Findest du, ich sehe ein bisschen aus wie Stefanie?", fragt sie mich atemlos und ich muss lachen. Außer den schwarzen Haaren kann ich da leider keine Ähnlichkeit feststellen. „Von den Haaren her vielleicht", sage ich deshalb diplomatisch.

„Willst du jetzt eigentlich was von Yasar oder nicht?", fängt Pinky plötzlich schon wieder an. Das Thema scheint ihr einfach keine Ruhe zu lassen. Mir ja auch nicht.

Ich zucke mit den Achseln. So sicher wie gestern Nacht bin ich mir nicht mehr. Irgendwie ist es ja schon schmeichelhaft, wenn ein Junge, den viele Mädchen total toll finden, auf einen steht. Oh Mann, was ist nur los mit mir? Ich habe das Gefühl, zum ersten Mal in meinem Leben die ganzen Tussis zu verstehen, die ihren Freund nur nach Aussehen und Ansehen auswählen. Hauptsache, sie können mit ihm angeben. Ich will aber doch gar nicht so eine Tussi sein, oder? „Ich weiß nicht", sage ich. „Aber ich glaube, ich stehe eher nicht auf Yasar. Und nach heute Morgen lässt er mich bestimmt in Ruhe."

„Und wenn nicht?", fragt Pinky und hat so ein komisches Leuchten in den Augen.

Ich hab keine Ahnung, worauf sie hinauswill. „Dann weiß ich auch nicht, was ich noch machen soll", erwidere ich. „Aber wenn Yasar wirklich so cool ist, wird er ja wohl kaum jemandem wie mir hinterherlaufen, oder?"

Da haut Pinky mir gegen den Hinterkopf. Ganz leicht nur und es tut überhaupt nicht weh, aber ich bin schlagartig wach. „Mensch, Lea!", ruft sie fast schon wütend. „Da steht ein richtig toller Typ auf dich und du hast ein schlimmeres Selbstbewusstsein als Paula."

„Ja, aber nur, weil ich doch Jan haben will", sage ich geknickt.

Pinky lächelt mich an. „O. k. Warten wir meine Party ab."

„Wenn er da überhaupt hinkommt", entgegne ich und meine Laune hat wieder einen Nullpunkt erreicht. Wenn du nicht auf die Party kommst, lerne ich dich wahrscheinlich niemals richtig kennen. „Dafür kommt Yasar auf jeden Fall", füge ich höhnisch hinzu.

„Um das Yasar-Problem kümmere ich mich", sagt Pinky kurzerhand. Ihr Handy vibriert. „Eine SMS von Fin!", ruft sie begeistert. „Guck mal, das ist er." Sie hält mir ihr Handy hin, auf dem mir ein blasser Junge mit schwarzer Lederjacke entgegenlächelt. Seine stechenden Augen fallen besonders auf. „Der trägt Kontaktlinsen, oder?", sage ich. „So blaue Augen hat doch niemand." Ich habe tatsächlich Recht, Fin rennt mit stahlblauen Kontaktlinsen durch die Gegend. Irgendwie finde ich das komisch, ich weiß auch nicht, warum. Ich meine, das sind also die schönsten Augen der Welt, von denen Pinky so schwärmt: kleine unnatürlich gefärbte Plastikscheibchen!

Pinky lacht. „Na und! Ich finde es schön. Komm mal mit ins Bad. Wir treffen uns gleich und ich muss mich noch schminken."

Pinky ist ziemlich gut im Schminken, wie ich feststelle. Ich schaue ihr dabei zu, wie sie Lidschatten und Wimperntusche aufträgt, und schlagartig wird mir klar, dass ich keine Ahnung davon habe. Ich komme mir plötzlich wie ein Baby vor, weil ich mich noch nie geschminkt habe. Das muss sich ändern.

SOFORT!

Auf dem Nachhauseweg gucke ich in der Drogerie vorbei und decke mich mit Schminkkram ein: Wimperntusche, Lidschatten, Eyeliner, Kajalstift, Make-up, Pickelabdeckstift (ich hab eigentlich keine Pickel, aber wer weiß, vielleicht kommen ausgerechnet bis Samstag welche und dann muss ich gewappnet sein), Lipgloss, Rouge.

Gut, ich hätte auch erst mal Muddas Schminkutensilien ausprobieren können. Aber erstens hat sie nicht viel Schminke und zweitens ist das, was sie hat, natürlich naturbelassen und nur in Erdtönen vorhanden. Ich habe mir mehr so helle Glitzerfarben ausgesucht.

Zu Hause angekommen will ich mich gleich ans Werk machen.

Als Erstes nehme ich das Make-up. Leider habe ich beim Kauf nicht gesehen, dass es verschiedene Farbtöne gibt, und ich hab natürlich Nummer 5 erwischt, den dunkelsten. Jedenfalls sieht mein Gesicht plötzlich kackbraun aus, so als würde ich regelmäßig ins Solarium gehen. Ist sehr gewöhnungsbedürftig, vor allem mit dem weißen Hals und den hellen Ohren dazu. Egal, weiter. Ich nehme einen der kleinen Pinsel und trage den rosa Glitzer-Lidschatten auf. Komisch, es kommt mir vor, als würde man den gar nicht so gut erkennen. Kurzerhand pinsele ich noch mehr auf meine Lider und außen um die Augen herum. Jetzt glänzt es ganz schön stark, deshalb verwische ich es mit Klopapier. Oh, meine Augen wirken plötzlich wie nach einer Heulattacke. Mist! Na ja, es ist mein erster Schminkversuch. Ich geb nicht auf. Als Nächstes ist der Lidstrich dran.

Sei froh, dass du ein Junge bist, Jan. Wenn du nicht gerade völlig ausgeflippt, ein Grufti oder ein Vampir bist, wirst du dir wohl nie im Leben einen Lidstrich ziehen. Ich wusste nicht, dass meine Hand derart zittern kann. Auf jeden Fall sieht mein Lidstrich aus wie von einem Seismografen angefertigt (du weißt schon, die Erdbebenmess-Dinger, die so einen wackeligen Strich aufs Papier bringen).

Zu guter Letzt habe ich es noch geschafft, mir die Wimpern zu verklumpen und den rot-orangen Lippenstift so zu verteilen, dass man denken könnte, es hätte bei uns Spaghetti mit Tomatensoße zum Abendessen gegeben. Ach ja, nicht zu vergessen die Clownsbäckchen, die mir das Rouge noch gezaubert hat. Und fertig ist mein Grusel-Look. Wie kriegen erwachsene Frauen das nur hin?

Es klopft an die Badezimmertür. HILFE!

Sehr lustig! Muddas Witze waren noch nie besonders gut. Aber in diesem Fall hätte sie ja mal auf dumme Sprüche verzichten können. Und dann kommt auch noch der Troll angerannt und lacht mich gnadenlos aus. „Haha, du siehst aus wie ein Monster! Nein, wie ein Zombie!"

Das gibt mir endgültig den Rest und ich muss voll heulen.

SO kann ich auf keinen Fall am Samstag auf die Party gehen. Ich sollte Frau Sauerwein vorschlagen noch eine böse Vampirin ins Theaterstück einzubauen, die könnte ich dann spielen. Da würden sich bestimmt alle Zuschauer gruseln. Und Kröten-Caro könnte wieder in Lobeshymnen ausbrechen, wie authentisch ich spiele. In dieser Aufmachung wäre ich Yasar auf jeden Fall los. Dich aber leider auch.

Mudda schickt den Troll in sein Zimmer und nimmt mich in den Arm. „Es tut mir leid", sagt sie und ich fühle mich für kurze Zeit um zehn Jahre zurückversetzt, als Mudda noch alle Probleme für mich gelöst hat. War das schön! Ich schmiege mich an sie. Da stößt sie mich von sich. „Mist!", flucht sie und ich sehe einen rotbraunen Abdruck auf ihrem hellen Shirt.

„'tschuldigung!", nuschele ich schluchzend.

Zum Glück lacht Mudda schon wieder. „Das ist wohl die Strafe, weil ich so eine unsensible Mutter bin."

Und dann holt sie ihre Naturkosmetik raus. Da sind doch ein paar nette Töne für mich dabei! Und ihr Make-up ist auch für meinen Hauttyp geeignet. Mudda erklärt mir, dass man von ihrer Naturschminke keinen Ausschlag bekommt und dass außerdem garantiert keine Tierversuche dafür gemacht wurden. Was man bei Billigschminke nie wissen kann. Ich wasch mir den ganzen Kram runter und dann zeigt mir Mudda ein paar Tricks, wie man sich richtig schminkt. Ich sag nur: Weniger ist mehr!

Sie verspricht mir, mich am Samstagabend vor der Party auch zu schminken. „Aber ganz dezent", sagt sie augenzwinkernd. „Bestimmt mag der Jan natürliche Mädchen viel lieber als so aufgebrezelte."

JAN? Woher weiß Mudda von dir? In dieser Familie kann man einfach keine Geheimnisse haben …

Voll peinlich übrigens, das mit dem Losheulen. In letzter Zeit passiert mir das irgendwie öfter. Das nervt voll. Hab jetzt doch mal ein bisschen in dem Aufklärungsbuch von Mudda gelesen. Aber da steht auch nur, dass Heulen in der Pubertät ganz normal ist und dass es vorbeigeht. Toll, so schlau war ich vorher schon. Wie lange dauert denn die Pubertät? Bis 16? Bis 18? Das ist ja noch ewig!

Heute ist Pinkys Party. ENDLICH! Ich hoffe so, dass du kommst!

Den ganzen Tag laufe ich wie Elsa durch die Gegend (also wie ein aufgescheuchtes Huhn).

Und dann auch noch der Kampf mit Mudda darum, wie lange ich heute Abend wegbleiben darf:

Toll, um halb elf geht die Party wahrscheinlich erst richtig los – aber nicht für Klein-Lea, die muss dann heim in ihr Heia-Bettchen. Ich könnte jetzt schon im Erdboden versinken. Aber leider lässt Mudda nicht weiter mit sich verhandeln. „Du bist erst 13! Und ich will ja auch irgendwann in mein Bett!" Das ist ihr Totschlagargument. Als würde sie an einem Samstag um elf Uhr ins Bett gehen, dass ich nicht lache.

Später hat sie mich dann noch geschminkt. Zwar dezent, aber ich sah trotzdem irgendwie ganz anders aus. Und gleich geht's endlich los!

Sorry, Jan, ich musste mich gerade mal abreagieren. Aber ich glaub einfach nicht, was gerade abgegangen ist. Warum … warum nur muss immer mir so was VOLL SCHLIMMES passieren und warum benehme ich mich einfach nur OBERPEINLICH? Und jetzt hab ich auch noch voll Stress mit Mudda – aber der Reihe nach!

Mudda hat mich um 20 Uhr zu Pinky gefahren, und wem bin ich schon gleich vor der Haustür begegnet? (Leider nicht dir!) Natürlich Yasar. Er hat mich im Halbdunkeln angestarrt und dann hat er gesagt: „Wow, Lea, du siehst irgendwie anders aus. So irre hübsch." Da bin ich knallrot geworden und wusste echt nicht, was ich antworten sollte. Nur die gedämpfte Musik aus dem Haus war zu hören. Yasar ist wohl der einzige Junge, den ich kenne, der so was einfach freiraus zu einem Mädchen sagt. Alle anderen würden sich wahrscheinlich lieber die Zunge abhacken lassen. Jedenfalls sind mir in diesem Moment rasend viele Gedanken durch den Kopf geschossen, so von „Er ist irgendwie doch voll cool und süß" bis „Der spinnt wohl, mir so dreist ins Gesicht zu lügen". Also, ich konnte ihm nicht so richtig glauben, dass er mich jetzt wirklich hübsch findet, und ich hatte Angst, dass, wenn ich jetzt „Danke" sage, er anfängt mich auszulachen, oder so. Das Ganze war nur ein kurzer Augenblick, Yasar hatte ja schon geklingelt. Dann hat irgend so ein spießiger Typ in langweiligen Markenklamotten die Tür aufgemacht. Yasar hat sich umgedreht und mich mal wieder einfach stehengelassen. Dabei hat er was gemurmelt. Ich glaube, es war „Blöde eingebildete Kuh". Da hatte ich irgendwie schon genug von der Party. Der Typ mit den Spießerklamotten hat mich zur Tür reingezogen und gelacht. „Na, Beziehungsprobleme?"

Super, jetzt wissen schon wildfremde Jungs, die wie der letzte Oberstreber aussehen, dass ich mit Yasar eine Beziehung hab, obwohl ich mich dazu nie offiziell geäußert habe. Soll ich mich vielleicht mit einem Megafon auf den Schulhof stellen?

Achtung, Achtung, eine wichtige Mitteilung an alle Single-Jungs, insbesondere Jan Wildemann, falls er noch Single ist: Ich, Lea Kirchberger, Schülerin der 8c, bin nicht mit Yasar Morgül, Schüler der 9b, zusammen. Ende der Durchsage!

„Wir sind nicht zusammen", antworte ich dem Oberstreber und stolziere an ihm vorbei in das riesige Wohnzimmer von Pinkys Eltern. Hier ist die Musik richtig laut und die Möbel sind an die Seite gerückt. In der Mitte tanzen schon ein paar Leute. An der Seite stehen auch welche rum, nur dich entdecke ich nicht! Bitte komm noch auf diese Party, Jan! Pinky ist auch nirgends zu sehen. Dafür Paula und Julia, die etwas verloren wirken. Ich weiß auch, warum. Ansonsten ist niemand aus unserer Klasse da, sondern nur Ältere. Tja, Pinky ist jetzt 15, da lädt sie bestimmt keine Babys mehr ein. Dass ich mit ihr befreundet bin, ist ja irgendwie auch ein Wunder. Paula winkt mir zu und ich gehe zu ihnen hin. „Na, gute Party?", brülle ich möglichst cool gegen die Musik an. Die beiden nicken scheu. Julia hat nicht mal einen ihrer schlechten Witze parat. Ich schreib es nur ungern, aber irgendwie ist es mir in diesem Moment voll peinlich, mit den beiden hier zusammen zu stehen. „Wo ist denn Pinky?", frage ich.

Julia macht eine abwinkende Handbewegung. „Frag lieber nicht. Sie sitzt in ihrem Zimmer und heult!"

„Was? Wieso?"

„Fin hat heute Mittag mit ihr Schluss gemacht", erklärt Paula und setzt dazu ein mitleidiges Gesicht auf. Aber ihre Augen leuchten so eigenartig, dass ich mich ernsthaft frage, ob sie das Pinky nicht sogar ein wenig gönnt. Das wäre wirklich total mies! Aber auch liebe Menschen, denen man so was niemals zutrauen würde, können eben manchmal richtig gemeine Anwandlungen haben.

Schnell gehe ich rauf in Pinkys Zimmer. Da liegt meine beste Freundin in ihrem schwarzen Kleid mit den neonorangen Einhörnern und Totenköpfen und den passenden Highheels auf ihrem Bett und heult sich die Augen aus dem Kopf.

„Am liebsten würde ich alle wieder wegschicken, Lea!", schluchzt sie laut und trompetet in ihr Taschentuch. Mitfühlend setze ich mich zu ihr aufs Bett und streichele ihr über den Rücken. „Paula und Julia haben es mir schon erzählt. Warum hat er denn Schluss gemacht?"

„Weiß ich nicht! Er hat mir heute Mittag eine SMS geschrieben." Pinky heult wieder auf, als wäre Fin gerade gestorben. Ist er hoffentlich auch. Also für sie, meine ich! Den Tod wünsche ich natürlich nicht mal meinem Erzfeind.

Pinky nimmt ihr Handy von dem Kopfkissen. „Hier, soll ich es dir mal vorlesen?" Ohne meine Antwort abzuwarten, hat sie die SMS von Fin auch schon aufgerufen und beginnt: **„Hi Pinky, ich kann leider nicht mehr mit dir zusammen sein. Sei nicht böse, sorry!"** Mit schwarz verschmierten Augen starrt sie mich so böse an, dass ich glaube, sie verwechselt mich mit Fin.

„Wie assi ist das denn?", sage ich empört. „Nicht mal eine Erklärung? Der Typ ist doch das Allerletzte! Du hast was viel Besseres verdient." Was man halt so sagt in solchen Momenten. Ich höre mich an wie aus einer Daily Soap entsprungen, aber was Originelleres fällt mir einfach nicht ein. „Hey, das wird schon wieder!", versuche ich sie zu trösten.

Doch Pinky schüttelt den Kopf. „Er ist meine große Liebe! Ich werde nie wieder so jemand Tolles wie Fin finden."

„Aber ihr wart doch nur eine Woche zusammen!", sage ich ratlos.

Jetzt blinzelt Pinky mich wütend an. „Immer noch besser, als einen ultralangen Liebesbrief an jemanden zu schreiben, mit dem man keine drei Sätze gewechselt hat."

PENG – das hat gesessen! Natürlich, ich bin ja die Obergestörteste von allen! Schön, dass mich meine beste Freundin daran erinnert. Da fällt mir auch wieder ein, dass du gar nicht auf der Party bist, Jan.

Im gleichen Moment wirft sich Pinky schluchzend in meine Arme. „Entschuldigung! Entschuldigung! Entschuldigung!"

„Ist ja schon gut", sage ich. Dann gebe ich ihr mein Geschenk. Pinky freut sich riesig, als sie das selbst gemachte Armband auspackt und sieht, dass ich das gleiche trage. Sofort streift sie es über. „Du bist wirklich die allerbeste Freundin, die ich habe", sagt sie noch immer unter Tränen.

Ich strahle sie an. Auf einmal muss ich unbedingt loswerden, was Yasar vor der Haustür zu mir gesagt hat.

„Herzlichen Glückwunsch", erwidert Pinky schniefend. „Bist du jetzt doch in ihn verknallt?"

Ich schüttele den Kopf. „Ach, ich weiß auch nicht. Er ist schon süß, aber jetzt findet er mich ja eingebildet."

Pinky lässt sich zurück in ihr Kissen fallen. „Quatsch, der war nur für den Moment beleidigt. Bestimmt schmachtet er dich gleich wieder an. Ist der Jan auch schon da?" Sie schließt die Augen.

„Nein, leider nicht", seufze ich. „Pinky, willst du jetzt deine Geburtstagsparty hier oben in deinem Bett verbringen?", frage ich vorsichtig.

Pinky lächelt mich mit verquollenen Augen so schwach an, als wäre sie schwerstkrank. „Auf keinen Fall", sagt sie und richtet sich ächzend auf. „Ich muss doch dein Problem mit Yasar lösen. Damit du dich in aller Ruhe dem Jan widmen kannst, wenn er auftaucht."

Ja, wenn! Als wir runterkommen, ist das Wohnzimmer schon ge-
füllter. Aber du bist immer noch nicht da! Überall stehen Leute herum
und lachen, reden, tanzen oder – trinken Alkohol. Ich sehe fast niemanden, der Cola trinkt, das ist ja schrecklich. Aber am schlimmsten
ist, dass selbst Paula und Julia jeweils eine Bierflasche in der Hand
halten und tapfer ab und zu daran nippen.

„Ihr trinkt Bier?", frage ich entgeistert, denn das hätte ich den
beiden wirklich nicht zugetraut.

„Klar, ist doch nichts dabei", erwidert Julia und grinst sogar stolz.
In diesem Moment weiß ich, dass ich auch unbedingt ein Bier haben
muss. Leider habe ich nämlich nicht die Lässigkeit zu sagen, mir doch
egal, wenn mich hier jeder mit 'ner Cola sieht, da steh ich drüber.
Mein Mitläufer-Gen ist so ausgeprägt, dass ich wie automatisiert zur
nächsten Bierkiste gehe und mir eine Flasche raushole. So, jetzt noch
aufmachen. MIST, ich wusste nicht, dass Bierflaschenöffnen so
kompliziert ist. Nachdem ich zweimal abgerutscht bin und mir den
Flaschenöffner in den linken Daumen gerammt habe, erbarmt sich

ein Junge und macht mir die Flasche auf. Uncooler als ich kann man wirklich nicht sein! Er prostet mir mit seinem Bier zu. Die Flaschen schlagen klirrend gegeneinander und ich nehme einen großen Schluck …

PFUI, bäh … schmeckt das eklig! Bitter. Ich frage mich, was die Leute daran finden. Und vor allem, wie soll ich dieses Gesöff heute Abend runterkriegen? Schon jetzt sehne ich mich nach einem anderen Getränk, mit dem ich mir den widerlichen Geschmack wegspülen kann. Plötzlich habe ich eine Mega-Idee. Ich gehe einfach mit der Bierflasche aufs Klo und gieße den Inhalt in den Abfluss. Dann fülle ich Leitungswasser in die Flasche. Ist zwar auch nicht der tollste Geschmack für einen ganzen Abend, aber immerhin wird mir davon nicht speiübel und ich kann ganz locker Schluck für Schluck trinken. Mit der nächsten mach ich es dann einfach genauso. Und mit der übernächsten, und der überübernächsten, und der überüberüber… ach, irgendwann kann ich wahrscheinlich nicht mehr mitzählen. Ich werde mich mit Leitungswasser betrinken, das wird toll, yeah! Ich muss nur aufpassen, dass es keinem auffällt, aber die Leute haben sicher Wichtigeres zu tun, als zu beobachten, wer wie oft aufs Klo geht.

Falsch gedacht!

Schon als ich das erste Mal im Badezimmer bin, rüttelt einer an der Tür und ruft: „Dauert's noch lang? Ich muss voll pissen." Der hört sich schon nicht mehr so nüchtern an, dabei ist es gerade mal Viertel vor neun! Schnell fülle ich das Wasser in meine Bierflasche und öffne die Tür. Der Oberstreber von vorhin steht davor.

O. k., das war peinlich. Aber ich finde, ich habe sehr gut reagiert. Vielleicht hat der Schluck Bier vorher mich ja locker gemacht. Ich nehme einen großen Schluck Leitungswasser und überlege, ob ich es wagen kann, beim zweiten Mal mit einer Bierflasche und einer Cola ins Badezimmer zu gehen und es umzufüllen, oder ob das zu auffällig wäre. Als ich ins Wohnzimmer zurückkomme, lasse ich sofort meinen Blick suchend umherkreisen – aber du bist nicht da, schade. Julia und Paula stehen immer noch wie festgefroren an derselben Stelle wie vorher. Bitte, bitte, komm doch vorbei, Jan, wünsche ich mir ganz fest und dann lass ich den Wunsch los und schick ihn ans Universum. Heute Abend muss es einfach klappen. Ich will dich unbedingt richtig kennenlernen. Ich will mit dir reden, lachen, tanzen …

ich will … ich … erstarre! NEIN! Ich weiß überhaupt nicht mehr, was ich will, ich weiß nur plötzlich, was ich nicht will. Und zwar das, was ich jetzt sehe. In der Ecke sitzt Yasar in einem Sessel und auf seinem Schoß sitzt Pinky und die beiden knutschen wie wild miteinander. Pinky? Die mir gerade noch als Häufchen Elend erzählt hat, dass sie keinen anderen Jungen als Fin … Ist das die Lösung für mein Problem mit Yasar? Dass sie sich an Yasar ranmacht, damit er mich vergisst? ODER WAS?

Und was jetzt passiert, ist mir immer noch ein Rätsel. In meinem Bauch erheben sich zwei Nashörner zum Kampf. Sie rennen aufeinander zu und ihre Hörner knallen mit voller Wucht gegeneinander.

AUA! Auf einmal raste ich aus und rase auf den Sessel zu. „Toll, Pinky!", tönt meine Stimme wie aus einer anderen Welt. Bin ich das wirklich, die da so hysterisch rumschreit? Pinky und Yasar fahren auseinander und schauen mich erschrocken an. „Du bist ja wirklich eine super Freundin!" Sofort bildet sich eine kleine Menschentraube um uns herum. In diesem Moment ist auch noch der letzte Song zu

Ende, und wer immer gerade DJ spielt, vergisst vor lauter Sensations-
gier den nächsten anzuklicken. „Wieso?", fragt Pinky verwirrt. „Ich
dachte, das ist o. k. für dich?"

„Ach ja?" Ich funkele sie wütend an. „Dass du mir vorheulst, wie
schlimm es ist, von Fin verlassen zu werden, und zehn Minuten später
knutschst du mit meinem …" Mit MEINEM …? Mit meinem was
denn? Fast-Freund? Ich schließe die Augen, dies ist die ALLERPEIN-
LICHSTE Situation meines bisherigen Lebens. Boden, bitte geh auf
und lass mich im tiefsten aller Erdlöcher versinken!

Ein paar Leute um mich herum glucksen. „Cool, endlich passiert
mal was auf dieser öden Party!", höre ich jemanden.

„Die hatten schon vor der Haustür Probleme!" Das ist natürlich
dieser besoffene Streber.

Yasar kommt auf mich zu. „Lea, ich dachte … ich wusste ja
nicht …", stottert er auf einmal herum. Anscheinend hat ihn mein
Gefühlsausbruch ziemlich durcheinandergebracht. Und nicht nur
ihn. Ich bin auch völlig von der Rolle. Yasar bedeutet mir doch gar
nichts. Oder? Er berührt mich am Arm, ich schüttele ihn jedoch ab
und dreh mich um. Und da trifft mich vollends der SCHLAG! Ich
schau direkt in dein Gesicht, das mich irritiert ansieht. Für einen
Moment halten die Nashörner inne – ich glaube, soeben
haben sie mein Herz entdeckt. Mit voller Wucht springen
sie darauf zu und zerreißen es in tausend Fetzen.

Wortlos stürze ich an dir vorbei aus dem Haus. Zitternd hole ich
mein Handy aus meiner kleinen Handtasche und rufe Mudda an. „Du
musst mich sofort abholen!", schreie ich ins Telefon.

„Aber Lea, was ist denn los?", antwortet Mudda besorgt. „Es ist doch erst fünf nach neun!"

„Bitte!" Jetzt muss ich auch noch losheulen. Schon wieder! Das ist doch echt beschissen!

„Ich komme", sagt Mudda sofort und ihre Stimme klingt plötzlich so hoch wie eine Alarmanlage. „In zehn Minuten bin ich da."

Ich klappe mein Handy zu, da höre ich Pinkys Stimme: „Lea? Bist du hier irgendwo?"

Scheiße, ich kann jetzt nicht mit Pinky reden. Ich will auch gar nicht! Schnell verschwinde ich hinter den Rhododendren im Vorgarten. Zum Glück, denn jetzt kommt auch noch Yasar.

Das tut so weh! Jetzt kommt auch noch dieser bescheuerte Streber raus, der mittlerweile richtig voll ist. Er lallt irgendwas davon, dass wir das schon hinkriegen, Yasar und ich. „Sch-sch-schenk ihr do.. ma was Sch-schönes! 'n Ring, hicks! Darauf stehn die Mädels alle."

Klar, ein Ring von Yasar würde mich unglaublich glücklich machen. Ich bin einfach nur froh, dass ich in meinem Versteck sitze.

Plötzlich fährt ein Auto vor und kurz darauf höre ich Muddas atemlose Stimme: „Wo ist sie?"

„Keine Ahnung", erwidert Pinky kleinlaut. „Ich dachte, Sie hätten sie schon längst abgeholt?"

„Fliegen kann ich auch nicht", gibt Mudda zurück. Ich glaube aber, irgendwie schon, denn sie hat nur circa fünf Minuten gebraucht, das bedeutet, sie ist bestimmt mit 100 Sachen durch die Stadt gerauscht. So was macht Mudda normalerweise nicht – es sei denn wohl aus Angst um ihr Kind. „Habt ihr sie abgefüllt?", ruft sie hysterisch.

„Quatsch!", meldet sich da der Streber mit schwerer Zunge zu Wort. „Die hat s-sich s-selber abgefüllt. Die war so dicht, dass s-sie s-sogar mit em Bier aufs Klo gegangen ist."

„Oh, mein Gott!" Mudda drängt sich an Pinky, Yasar und dem Streber vorbei. „Los, kommt. Irgendwo muss sie sein. Vielleicht liegt sie auf der Toilette und hat sich übergeben …" Im letzten Satz schwingt tatsächlich so was wie ein Hoffnungsschimmer in ihrer Stimme mit. Ich hätte nicht gedacht, dass Mudda mir zutraut als Alkoholleiche in fremden Badezimmern herumzuliegen. Am liebsten wäre ich aufgesprungen und hätte ihr zugerufen: „Hier bin ich – und kein bisschen betrunken!", aber ich will auf keinen Fall noch einmal Pinky oder Yasar begegnen, deshalb bleibe ich in meinem Versteck, bis alle im Haus verschwunden sind. Dann schleiche ich mich schnell zu unserem kleinen Fiat Panda. Vor Aufregung hat Mudda vergessen abzusperren und so kann ich mich schon mal reinsetzen und auf sie warten. Es dauert eine Ewigkeit, bis sie wiederkommt. Also, das Haus von Pinkys Familie ist zwar groß, aber die müssen wirklich jede Ritze nach mir abgesucht haben, so lange wie das gedauert hat. Irgendwann höre ich Muddas Stimme noch drei Oktaven hysterischer als zuvor (unglaublich, dass sie noch steigerungsfähig ist). „Ich werde schon rauskriegen, was hier wirklich los war. Und dann gnade euch Gott – oder wer auch immer dafür zuständig ist …"

Einen Moment später öffnet Mudda die Autotür und lässt sich schwer auf den Sitz fallen.

Sie atmet tief durch und schlägt ihre Stirn gegen das Lenkrad.

„Ähem" – ich räuspere mich leise und Muddas Kopf fliegt mit einem spitzen Schrei zu mir herum. „Hallo!", sage ich kleinlaut.

Mudda starrt mich an, als wäre ich nur eine Erscheinung meiner selbst. „Hast du sie noch alle?", kreischt sie dann. „Wo warst du?"

Ich schluchze einfach los. Vielleicht ist das sogar das Beste in dieser Situation, denn so ist Mudda gleich ein wenig milder gestimmt. Sie schüttelt mich, als ob ich kurz vor einer Ohnmacht wäre.

„Schon gut, lass mich los", fauche ich sie an. Mann, das ist hier ja gerade so dramatisch wie im Film. Nur dass ich kein Teenie auf Abwegen bin – höchstens auf Umwegen, wohin auch immer.

„Wie viel hast du getrunken?", fragt Mudda streng.

„Nichts! Na gut, einen Schluck …"

Sag ich ja! Mir laufen immer noch die Tränen über die Wangen, und obwohl Mudda den Alkohol nicht riechen kann, ist sie immer noch fest überzeugt, dass ich getrunken habe. „Warum erzählt der Junge denn sonst so was?"

Ja, genau! Toll, dass Mudda einem besoffenen Streber mehr glaubt als mir. Ich versuche ihr klarzumachen, dass ich den anderen nur vortäuschen wollte, dass ich Alkohol trinke, doch das nimmt sie mir erst recht nicht ab. „Komm mir nicht mit so einer Geschichte. Das ist doch an den Haaren herbeigezogen! Ich bin echt enttäuscht, Lea! Aber wahrscheinlich bist du einfach noch zu jung für solche Partys."

Mudda startet den Motor und ich schaue entnervt aus dem Fenster. Schweigend fahren wir durch die dunkle Stadt nach Hause, nur das Brummen unseres kleinen Fiats ist zu hören. Nach einer Weile macht Mudda das Radio an und leise Jazz-Musik erfüllt das Auto.

„Was ist denn eigentlich passiert?", fragt sie jetzt etwas behutsamer.

Soll ich es ihr erzählen? Ich bin kurz davor, weil ich eigentlich unbedingt mit jemandem darüber reden muss. Und Pinky geht ja nicht … Aber nein, selbst vor Mudda ist mir mein Ausbruch zu peinlich. Außerdem würde es ihr wahrscheinlich nur bestätigen, dass ich betrunken sein muss. „Nichts!", erwidere ich deshalb gereizt und schaue weiterhin aus dem Fenster. Drei aufgedonnerte Tussis stolpern kichernd in High Heels auf einen blinkenden Club zu. Im Vorbeifahren sehe ich ein knutschendes Pärchen. Ich seufze und wische mir mit dem Handrücken die Wangen trocken. Vermutlich werde ich nie wieder knutschen. Jedenfalls nicht mit dir. Das habe ich vollends vergeigt.

Mudda seufzt ebenfalls. „Lea, Lea", sagt sie nur. „Du machst mir Kummer."

 Es gibt ja Leute, die sonntags in die Kirche gehen. Ich brauche das allerdings nicht. Wozu einen Sonntagsgottesdienst, wenn man Mudda und Papa hat? Die beiden haben mir heute Morgen beim Frühstück einen Vortrag über Alkoholmissbrauch unter Jugendlichen gehalten. Amen! Wenigstens waren sie sich mal wieder total einig – es war fast wie früher. Irgendwann bin ich total frustriert in mein Zimmer geflüchtet. Zurzeit habe ich echt andere Probleme!

Kann man in zwei Jungs gleichzeitig verliebt sein? Vielleicht sollte ich das nicht ausgerechnet dich fragen, Jan, aber du wirst diesen Brief ja eh niemals lesen. Und außerdem habe ich im Moment keinen, mit dem ich reden könnte. Ich fühle mich so SCHRECKLICH ALLEIN!

Am liebsten würde ich sofort in eine andere Stadt ziehen. Bestimmt weiß morgen die ganze Schule Bescheid. Na gut, die halbe, und in meiner Klasse wird es sich auf jeden Fall rumsprechen. Ich glaube nicht, dass Paula und Julia dichthalten.

Gerade hat Pinky angerufen. Zuerst war das Telefonat ganz gut. Pinky hat sich entschuldigt, dass sie mir nicht wehtun wollte und so weiter. Da hab ich natürlich auch gesagt, dass es mir leidtäte, weil mein Ausbruch irgendwie übertrieben war. Und wie schlimm ich es fand, dass du auch noch direkt hinter mir standst, Jan.

Ja, und ich dachte schon, jetzt ist alles wieder gut, da bringt Pinky den Oberklopper:

155

Ab hier hat unser Streit angefangen. Ich meine, mich hat Yasar ja wohl zuerst geküsst und da hab ich doch die älteren Ansprüche, oder? Und auch wenn ich dich viel lieber hab – die Vorstellung, dass Pinky und Yasar ein Paar werden könnten, löst in mir einen Nashornkrieg aus. Wenn ich nur wüsste, warum! Pinky ist richtig sauer geworden und hat gesagt, dass ich mich jetzt endlich entscheiden müsste, ob ich dich oder Yasar haben will. Ich kann sie sogar ein bisschen verstehen – es sieht schon alles danach aus, als würde ich ihr Yasar einfach nicht gönnen. Dabei müsste ich es doch toll finden, wenn meine beste Freundin mit dem Jungen zusammenkommt, den ich am zweitliebsten hab. Aber meine Nashörner spielen ein anderes Lied, eins ohne Rhythmus und Takt. Deshalb habe ich Pinky geantwortet, dass ich mich im Moment nicht entscheiden kann. Daraufhin meinte sie, dass mein Liebesbrief an dich total verlogen sei, wenn ich was für Yasar empfinden würde. Aber das stimmt ja auch wieder nicht, weil ich doch alles ganz ehrlich hier aufschreibe, oder?

Pinky hat nur geseufzt und ganz überlegen getönt: „Ach Lea, du bist eben einfach noch ein Kind."

Ich fand den Kommentar an dieser Stelle echt unpassend, weil sie sich ja wohl genauso kindisch benimmt. Wenigstens hat sie dann noch was halbwegs Nettes hinzugefügt: „Der Jan ist auch noch so ein kleiner Junge. Da würdet ihr echt gut zusammenpassen. Falls er sich überhaupt für Mädchen interessiert."

Das Letzte hat sie nur gesagt, um mich zu kränken, da bin ich mir ganz sicher. „Willst du vielleicht sagen, der Jan ist schwul?", frage ich aufgebracht.

„Kann doch sein", erwidert Pinky ungerührt. „Das wäre ja wohl nicht schlimm, oder hast du etwa was gegen Homosexuelle?"

Nein, das habe ich natürlich nicht. Aber wenn DU homosexuell wärst, Jan, dann fände ich das halt schon schlimm, ist doch klar. Das Gespräch verlief in eine völlig falsche Richtung. Aber leider konnte ich mich auch nicht beherrschen. „Ja, genau, der Jan steht auf Jungs und wahrscheinlich sind er und Yasar schon heimlich zusammen. Aber weil der Yasar auch auf mich steht, hab ich vielleicht noch eine Chance auf eine Dreiecksbeziehung!", höhnte ich und das war wirklich kindisch! Und gemein, denn ich gebe zu, dass ich das alles nur gesagt habe, um Pinky auch zu verletzen. Ich habe nämlich außerdem noch hinzugefügt, ob sie schon mal darüber nachgedacht habe, dass Yasar sie vielleicht nur geküsst hat, um mich eifersüchtig zu machen. Könnte doch sein, oder?

Am anderen Ende hat Pinky wieder überheblich geseufzt. „Lea, ich glaube, das macht gerade keinen Sinn mehr."

Und dann hat sie einfach das Gespräch weggedrückt und ich habe sekundenlang den Hörer angestarrt.

Wenn ich daran denke, könnte ich immer noch heulen, Jan. Ich glaube, meine beste Freundin hat gerade mit mir Schluss gemacht. Zumindest fühlt es sich so an, oder warum hat sie mittendrin aufgelegt? Ich habe immer gedacht, Mädchenfreundschaften, die wegen Jungs

BUHU HU

auseinanderbrechen, waren sowieso nicht echt. Nie hätte ich es für
möglich gehalten, dass mir und Pinky so etwas passieren könnte!
Unsere Freundschaft ist doch etwas Einzigartiges, etwas Phänomena-
les. ODER? Pinky ist so cool und erwachsen und trägt immer diese
punkigen Klamotten – und ich? Vielleicht hat sie Recht, vielleicht bin
ich einfach noch zu kindlich im Vergleich zu ihr. Vielleicht sind wir
einfach doch zu unterschiedlich.

Oh nein, Papa ist gerade in mein
Zimmer gekommen.

Obwohl ich auf die Frage
„Stör ich?" genickt habe, setzt
er sich auf mein Bett. Ich bin
am Schreibtisch. Habe ihm den
Rücken zugewandt und schreibe einfach
weiter in dieses Buch.

Papa seufzt. „Lea, ich war doch immer für
dich da! Haben Mudda und ich irgendwas
falsch gemacht?"

Hä? Was soll jetzt diese Frage? Und was soll ich antworten?
Nein, ihr habt nichts falsch gemacht, es ist alles meine Schuld … äh,
worüber reden wir noch mal gleich?

Als könnte Papa Gedanken lesen, fährt er fort: „Mudda hat mir
erzählt, dass du gestern Abend Alkohol getrunken hast."

„Es war nur ein Schluck!"

„Da hat der eine Junge Mudda aber was ganz anderes erzählt."

„Der hat gelogen."

„Bist du dir sicher, dass du uns nicht vielleicht anlügst?"

Oh, ich habe auf dieses Gespräch so was von keinen Bock! Wütend drehe ich mich um.

„Zufällig hat Mudda nichts gerochen, als ich sie angehaucht habe."

„Es gibt Mittel und Wege, eine Alkoholfahne zu verbergen", erwidert Papa gelassen. Ach ja? Könnte er mir diese Mittel und Wege vielleicht kurz erläutern, damit ich gewappnet bin, wenn ich mich das nächste Mal wirklich betrinken will?

„Ich finde es echt zum Kotzen von euch, dass ihr diesem Streberjungen, der selbst total voll war, mehr glaubt als eurer Tochter! Das ist richtig jämmerlich!", fauche ich ihn an.

Papa starrt mich verdutzt an. „Wie … wie redest du denn mit mir, Lea?", stottert er.

Jetzt bin ich so richtig in Fahrt. „Wie soll ich denn sonst reden? Ihr kapiert es ja wohl nicht anders! Ich habe keinen Alkohol getrunken, verdammt noch mal! Kriegt das doch mal in eure Hohlbirnen rein!", schreie ich hitzig. Mudda hätte jetzt ordentlich zurückgepampt. Nicht so Papa. Er erhebt sich von meinem Bett. „Ich bin sehr traurig", sagt er nur und verlässt mein Zimmer.

Toll, und jetzt habe ich auch noch ein schlechtes Gewissen, obwohl ich doch eindeutig im Recht bin! Oder wie siehst du das? Kannst du mir mal sagen, wieso Eltern Meister im Verdrehen von Tatsachen sind?

Habe mich gerade noch mit Papa ausgesöhnt. Eigentlich hatte ich fest vor, erst mal kein Wort mehr mit ihm zu reden, so lange, bis er eingesehen hat, wie unmöglich er sich benommen hat. Aber dann habe ich es doch nicht ausgehalten. Der Troll war bei einem Fußballspiel und Mudda war mit Gaby auf so einer Edelsteinmesse. In unserer Wohnung war es unerträglich still, selbst Muddas chinesische Klänge hätten mich jetzt vermutlich aufgeheitert. Ich wollte gerade meine Silbermond-CD auflegen, da hab ich plötzlich eine Gitarre gehört. Laut Oma Marion müsste das ja ein gutes Zeichen für Muddas und Papas Ehe sein, doch leider hat Papa ein sehr trauriges Lied gespielt: „Hurt" von Johnny Cash. Das mag ich auch unheimlich gern und deshalb hat mich in diesem Moment nichts gehalten. Ich meine: Pech in der Liebe, Freundschaft und Familie ist eindeutig zu viel, oder, Jan? Und da ich die ersten beiden Pechfelder im Moment nicht

wirklich bereinigen kann, habe ich mit der Kategorie *Familie* angefangen. Ich bin runter und habe an Papas Tür geklingelt. Kurz darauf haben die traurigen Klänge aufgehört.

Als Papa aufgemacht hat, haben wir erst mal gar nichts gesagt. Er hat dann gelächelt und mich einfach in den Arm genommen. Das hat so gutgetan! Wie ein kleines Mädchen hab ich mich an ihn gekuschelt, aber das war mir in dem Moment vollkommen egal. Manchmal tut es einfach gut, noch mal Papas kleines Mädchen zu sein.

„Ich war wirklich nicht betrunken", hab ich gemurmelt und da hat Papa geantwortet, wenn ich jetzt immer noch nicht davon abweichen würde, müsste er mir glauben.

„Es tut mir leid, dass ich kein Vertrauen hatte", sagt er. „Aber deine Geschichte klang einfach so ausgedacht. Hast du wirklich Leitungswasser in die Bierflasche gefüllt?"

Grinsend nicke ich, doch sogleich bereue ich das, denn darauf folgt eine von Papas Gardinenpredigten: „Man muss nicht alles mitmachen, was andere machen, oder würdest du auch von der Brücke springen, wenn alle springen?"

Nein, und außerdem würde von den Leuten höchstwahrscheinlich keiner von der Brücke springen! Nehme ich mal an. Jetzt kommt Papa auch noch mit dem Thema Drogen. Ich kann echt nicht glauben, dass er sich anscheinend ausmalt, wie ich mir von zweifelhaften Gestalten irgendwelche Pillen, Haschisch oder Koks verkaufen lasse. So etwas würde ich NIE tun. Ich meine, ich habe noch nicht mal an einer Zigarette gezogen. Bin mir auch nicht sicher, ob ich das jemals tun werde. Jedenfalls ist eine Sache absolut klar: Gegen Drogen bin ich immun. Ich bin doch nicht bescheuert!

Alkohol ist auch eine Droge.

Aha, dann nimmst du wohl Drogen, Papa.

Papa wird jetzt ein bisschen kleinlaut. Schließlich trinkt er auch ab und zu mal ein Bier oder ein Glas Wein. „Das, äh … ist natürlich etwas ganz anderes", stottert er. „Alkohol in kleinen Mengen schadet nicht. Allerdings solltest du wirklich keinen Alkohol trinken, solange du noch im Wachstum bist und …"

„Jaaa", unterbreche ich ihn genervt. „Deshalb habe ich mir doch Wasser in die Flasche gefüllt."

Da muss Papa doch grinsen. „Ach so, stimmt! Eigentlich ganz clever … also, ich meine, du solltest natürlich lieber dazu stehen, dass du keinen Alkohol magst."

Ich weiß. Aber es ist nun mal echt schwer, zu etwas zu stehen, wenn alle anderen das Gegenteil machen. Man muss schon ziemlich selbstbewusst sein. Und das bin ich leider einfach nicht. Aber Papa soll sich mal schön an der eigenen Nase kratzen. Schließlich geht er auch im Anzug auf die Arbeit, obwohl er die Dinger nicht leiden kann. Gut, der Vergleich passt nicht so ganz, weil das in der Bank Vorschrift ist, aber trotzdem.

Letztendlich habe ich Papa versprochen an meiner Persönlichkeit zu arbeiten (der Klügere gibt nach, nicht wahr?). Da hat er doch tatsächlich gefragt, ob ich nicht in diese „Girl-Power-AG" gehen möchte, von der ihm Mudda erzählt hätte. Keine Ahnung, woher Mudda das schon wieder weiß, vielleicht von Pinky oder wahrscheinlich von Paula, die hatte letztens bei uns angerufen und ich hatte mich schon so gewundert, was sie so lange mit Mudda bequatschen musste. (Irgendwie nervt es voll, dass Mudda sich mit allen meinen Freundinnen so gut versteht. Ich meine, sie hat Gaby – das reicht doch! Mudda meint, ich wäre eifersüchtig. So ein Quatsch!)

Jedenfalls hab ich schnell vom Thema abgelenkt und zu Papa gesagt, dass er lieber noch was auf der Gitarre spielen soll, aber vielleicht mal was Fröhlicheres. Da hat er erwidert, er sei gerade in so einer melancholischen Stimmung und dann könne er nur nachdenkliche Lieder. „Ist es wegen Mudda?", habe ich gefragt. Papa hat einen ganz wehmütigen Schimmer in seinen Augen gekriegt und genickt. „Ich vermisse Mudda", hat er gesagt und ich hab gleich verstanden, was er meint. Auch wenn Mudda und Papa weiterhin auf Familie machen und alles so aussieht wie früher – es fühlt sich einfach ganz anders an. „Es ist furchtbar anstrengend, so weiterzumachen", hat Papa erklärt und da kann ich nur zustimmen. Zuerst habe ich gedacht, ist ja super, wenn sich Mudda und Papa weiterhin so gut verstehen. Aber das Anstrengende ist ja, dass wir uns alle die ganze Zeit nur was vorspielen.

„Warum habt ihr euch denn eigentlich wirklich getrennt?", frage ich leise.

Papa seufzt. „Wenn man das immer so genau sagen könnte. Weißt du, früher konnte ich über so vieles von Mudda einfach hinweglächeln. Der ganze Aberglaube mit den Tarotkarten, die Universum-Therapie und so weiter, das fand ich witzig. Aber irgendwann hat es mich einfach nur noch genervt. Verstehst du, was ich meine?"

Oh ja! Ich habe wirklich nichts gegen das Meditieren. Doch alles Weitere versuche ich vor der Öffentlichkeit streng geheim zu halten.

„Und trotzdem ertappe ich mich manchmal dabei", fährt Papa gedankenverloren fort, „dass ich vor ihrem Schlafzimmer stehen bleibe und den chinesischen Klängen lausche."

Ach herrje! Ich werde ganz aufgeregt: Das hört sich irgendwie richtig gut an! Wenn Papa jetzt noch wüsste, wie doll Mudda wegen ihm und seiner Kollegin geweint hat – aber ich verrate nichts, weil ich Mudda ja versprochen habe nicht darüber zu reden. „Vielleicht habt ihr noch eine Chance!", sage ich deshalb so verschwörerisch wie möglich.

Doch Papa winkt nur ab. „Ach, lass uns mit diesem Thema aufhören, Lea. Du weißt selbst, wie kompliziert Liebe sein kann", erwidert er nur vieldeutig und mir ist natürlich klar, dass er auf dich anspielt, Jan.

„Liebe ist ein Nashorn", sage ich und denke an das ganze Herzgetrampel in mir drin. Wenn man Glück hat, dann kriegt man sein Nashorn einigermaßen in den Griff. Aber irgendwie habe ich noch nicht das richtige Mittel gefunden.

Ich fand meinen Satz gut, aber Papa hat nur traurig gelacht.

Kurz darauf hat er ein noch viel traurigeres Lied auf der Gitarre angestimmt und ich hätte fast schon wieder geheult, weil ich die ganze Zeit an dich denken musste. Ich stellte mir vor, wie deine Mutter dir die Fotos von Kröten-Caro zeigt und sagt: „Schau mal, was für ein hübsches Mädchen." Und du ihr antwortest: „Weiß ich, denn ich bin mit ihr zusammen. Die Lea, die Natürliche hier, fand ich auch mal ganz nett, aber die will was von meinem besten Freund Yasar. Da habe ich festgestellt, dass Caro sowieso viel besser zu mir passt. Sie erinnert mich irgendwie an dich, Mama, zumindest vom Aussehen. Aber sie arbeitet an ihrem Charakter, um auch darin genauso

OH GOTT, ICH SPINNE!

perfekt zu werden wie du. Dafür geht sie in die ‚Girl-Power-AG', die inzwischen ‚Girl-&-Boy-Power-AG' heißt."

Montag, 18. November

Pinky und ich gehen uns aus dem Weg. So richtig funktioniert das nicht, weil wir ja nebeneinandersitzen. Aber wir reden nur das Nötigste, was wiederum nicht so schwerfällt. Seit neuestem läuft Pinky nämlich mit fetten Kopfhörern herum, natürlich in ihren Lieblingsfarben: Schwarz-Pink. Ich muss gestehen, dass ich die Dinger ziemlich cool finde, aber das lasse ich mir natürlich nicht anmerken. Mein Freundschaftsarmband, das ich ihr zum Geburtstag geschenkt habe, trägt sie übrigens nicht mehr. Daraufhin hab ich meins auch sofort ausgezogen.

In der Pause ist Pinky heute bei ihrer ehemaligen Klasse, also bei dir und Yasar. Sie redet die ganze Zeit mit euch beiden und Yasar schaut dabei öfters zu mir, aber er traut sich zum Glück nicht, zu mir zu kommen. Ich sitze auf unserer Graffiti-Mauer und will mich gerade wie der einsamste Mensch auf der Welt fühlen, da selbst meine Nashörner mir heute nur ignorant ihren dicken Hintern entgegenstrecken.

Doch schon sind Paula und Julia zur Stelle, um mit mir noch mal in allen grausamen Details den peinlichsten Augenblick meines Lebens durchzugehen. Paula bekundet, dass sie auf jeden Fall zu mir halte und Pinkys Benehmen total daneben sei und außerdem total zickig. Also, man kann Pinky ja viel nachsagen, aber eine Zicke ist sie wirklich nicht.

„Ach, so schlimm ist sie nicht", sagt auch Julia, aber weil Pinky und ich gerade zerstritten sind, erntet sie dafür einen bitterbösen Blick von mir. „War nur Spaß, nur Spaß, nur Spaß, nur Spaß, nur …", singt sie und ich glaube, ich zähle achtmal Spaß, das bedeutet – Moment –, sie findet Pinky nicht so schlimm. „Du hast schon ein bisschen überreagiert", fügt sie grinsend hinzu.

„Ich will von diesem Thema absolut nichts mehr hören", antworte ich entnervt. „Tut mir bitte einfach nur einen Gefallen: Erzählt wirklich niemandem davon!" Julia und Paula sehen sich betroffen an und mir wird augenblicklich klar, dass diese Bitte ungefähr 36 Stunden zu spät kommt.

Keine zehn Minuten später sagt Chris im Vorbeigehen zu mir: „Na, du sorgst ja für Schlagzeilen. Könnte man glatt eine Story draus machen. Aber – ach nein, dafür hat unsere Schülerzeitung dann doch zu viel Niveau." Dabei grinst er mich so unverschämt an, dass ich ihm eine reinschlagen könnte. Dummerweise erinnert er mich auch noch an den ekligen Oberstreber von Pinkys Party, dem ich Muddas und Papas Wort zum Sonntag zu verdanken hatte.

„Eure Schülerzeitung hat überhaupt kein Niveau", sage ich lahm. „So wie du."

„Du warst auch schon mal schlagfertiger!", ruft Chris mir lachend hinterher.

Echt?

Überall ernte ich heute mitleidige Blicke und ich sage dir, Jan, das ist das Schlimmste! Da kann ich dir richtig dankbar sein, dass du mich heute überhaupt nicht anschaust. Sogar Kröten-Caro kommt nach der Pause zu mir und legt mitfühlend ihre Hand auf meinen Unterarm. „Liebeskummer ist schrecklich, Lea", sagt sie mit betrübtem Gesicht. „Aber das wird schon wieder. Andere Mütter haben auch schöne Söhne." Ich weiß, eigentlich klingt das ganz nett, aber wenn jemand es mit einer „Ich-bin-dir-total-überlegen-und-weiß-einfach-alles-besser"-Stimme sagt, dann kann man diese Person einfach nicht mögen, so sehr man sich auch anstrengt. O. k., ich habe mich noch nie wirklich angestrengt Kröten-Caro zu mögen. Vielleicht sollte ich damit beginnen. Könnte sein, dass ich mich aus Verzweiflung irgendwann mit ihr anfreunden werde. (Vermute nur, dass sie darauf gar keinen Wert legt.)

In der zweiten Pause bin ich zum Lehrerzimmer gegangen und hab mich bei Frau Sauerwein krankgemeldet. Ich habe einfach gesagt, dass ich ganz schlimme Kopfschmerzen habe und deshalb heute nicht zur Theaterprobe kommen kann. Sie hat mich ganz schön komisch angeschaut und kurzzeitig habe ich erwartet, dass sie sagt: „Ach, so schlimm wie deine Schwimmbad-Allergien?" Aber sie hat nur geseufzt. Das sei aber blöd, so kurz vor der Aufführung. In zweieinhalb Wochen ist ja die Premiere. „Aber erhole dich besser, nicht dass du noch richtig krank wirst", sagte Frau Sauerwein und ich wollte schon aufatmen, da fügte sie noch hinzu: „Wir werden noch ein paar Extraproben einschieben, da üben wir dann auch noch mal deine Szene intensiver. Damit dein Weinen genauso echt rüberkommt wie in der allererste Probe. Das war wirklich grandios."

Na dann, gute Nacht! Das mit dem Heulen habe ich die ganze Zeit verdrängt. In mir fangen die Nashörner zu boxen an, wenn ich daran denke, dass ich die nächsten Tage intensiv mit Yasar zusammen Theater spielen darf. Das mit dem Heulen dürfte dann zumindest kein Problem sein. Aber bei meinem Glück habe ich mich inzwischen leer geweint und im entscheidenden Moment kommt keine einzige Träne mehr raus. Das würde ja so was von passen zu meinem derzeitigen Leben.

Julia hat sich die Haare pink getönt. Mit Krepppapier, dann hält es nur bis zur nächsten Haarwäsche. Ihr Glück, es sieht nämlich ziemlich daneben aus: verwaschen und ungleichmäßig. Sie zieht sich jetzt seit neuestem auch so ähnlich an wie Pinky. Ich finde das voll lächerlich. Damit zeigt sie ja wohl deutlich, auf wessen Seite sie steht. Aber eine elende Nachmacherin ist sie trotzdem.

Pinky und ich reden immer noch nicht miteinander. Ich hab voll Angst, dass das für immer so anhält und dass Julia jetzt ihre beste Freundin wird. In der Pause stehen die beiden zusammen und manchmal lässt Pinky Julia bei ihrer

Pinkys pinkes Opfer

Musik mithören und die beiden stecken ihre Köpfe ganz dicht zusammen, damit sie beide dem Kopfhörer lauschen können. Das macht mich irgendwie verrückt. Ich wusste nicht, dass Nashörner auch bei (ehemals) besten Freundinnen lospoltern können, aber irgendwo in mir stampft eins mit dem Fuß auf vor Empörung. Nur weiß ich einfach nicht, was ich tun soll. Ich fühle mich so uncool Pinky gegenüber. Zu allen anderen ist sie so wie immer und ich glaube langsam, dass ihr das alles überhaupt nicht so viel ausmacht wie mir.

Laufe deswegen am Nachmittag zweieinhalb Stunden sinnlos durch den Park und beobachte Eichhörnchen, die an Baumstämmen hochflitzen und über die Äste springen. Manche gucken einen neugierig an, doch wenn man näher kommt, hauen sie alle irgendwann ab. Daraus könnte man glatt so einen Spruch machen:

Jungs sind wie Eichhörnchen –
wenn man ihnen zu nahe kommt,
hauen sie ab.

Na ja, trifft wohl nicht auf alle zu, siehe Yasar, obwohl selbst der mir im Moment aus dem Weg geht. Und du ja leider auch, Jan.

Für morgen ist eine „Intensiv-Theaterprobe" angesetzt, so nennt Frau Sauerwein das. Sie dauert drei Stunden lang und ich wünschte, ich könnte sie irgendwie ausfallen lassen. Deshalb habe ich meine Jacke ausgezogen. Die Sonne scheint trübe durch die fast kahlen Bäume hindurch, aber es ist trotzdem ziemlich kalt und vielleicht hab ich ja Glück und hole mir einen Schnupfen.

Als ich am Knutsch-Spielplatz vorbeikomme, sehe ich, dass der Troll mit seinen Freunden seine *Star Wars*-Spiele seit neuestem dort abfeiert. So tief sind sie also gesunken, dass sie sich nicht mal an den ganzen Pärchen stören. (Ist der eine Junge an der Seite von so einem punkigen Mädchen nicht Fin? Ich habe ihn ja bloß mal auf Pinkys Handy gesehen, aber er könnte es sein. Nur die Augenfarbe stimmt nicht, die ist jetzt rot …)

Dieses blöde Tammy-Mädchen ist auch wieder dabei und drischt sinnlos mit ihrem pinken Plastikschwert auf die Seile am Kletter-gerüst ein. Auf der Bank daneben liegt eine aufgerissene Tüte mit Gummibärchen. Ob die noch von mir ist? Mir fällt ein, dass ich dem Troll seit zwei Wochen seine Erpresserrate nicht gezahlt habe. Aber entweder scheint er noch genug Vorrat zu haben oder er hat es einfach vergessen. Wenigstens ein Problem scheint sich in Luft aufgelöst zu haben, wenn ich es ihm auch gern irgendwie heimge-zahlt hätte. Aber leider bin ich ziemlich untalentiert im Schmieden von Racheplänen. Zusammen mit Pinky wäre mir bestimmt was eingefallen, aber … ach, ich denke schon wieder an Pinky. Na ja, dann denke ich wenigstens nicht an dich, Jan.

Es hat geklappt! Juhu! Das Fieberthermometer zeigt 38,8 °C und Mudda hat mir erlaubt zu Hause zu bleiben. Das ist das Beste, was mir seit langem passiert ist! Liege mit Halsschmerzen im Bett, trinke Salbeitee und heute Mittag will Mudda mir Hühnersuppe und einen Schokopudding kochen. So lange zeichne ich ein paar Comics. Zum Beispiel den hier:

Hihi, das Nashorn in mir inspiriert mich! Zu irgendwas muss es ja nützlich sein.

Habe gerade mit Paula telefoniert und mir die Hausaufgaben durchgeben lassen. Sie hat mir erzählt, dass die Sauerwein und Kröten-Caro sich bei Pinky nach mir erkundigt haben. Und Pinky soll nur schnippisch geantwortet haben: „Woher soll ich denn wissen, wie es ihr geht? Wir wohnen nicht im selben Haus."

Tolle Antwort, vielleicht ist Pinky doch eine Zicke? Eine Zicke im Emo-Mantel. Oder Paula hat übertrieben und Pinky einfach nur zickig dargestellt in ihrer Schilderung … egal, ich bin zu müde, um darüber nachzudenken. Hab jetzt noch Kopf- und Gliederschmerzen bekommen und will einfach nur schlafen.

Mir geht's richtig mies! Während ich ein bisschen geschlafen habe, hat doch tatsächlich Frau Sauerwein bei uns angerufen. Mann, wenn die jetzt auch noch anfängt mich privat zu verfolgen … Na ja, eine beste Freundin hätte ich dann wenigstens … aaah, ich fantasiere – das muss das Fieber sein. Hab jetzt auch richtig dolle Halsschmerzen und krieg kaum einen Ton heraus. Zum Glück, denn gerade hat Mudda ihren Kopf zur Tür hereingestreckt und erzählt, dass auch noch Yasar und Kröten-Caro angerufen haben. Alle wollen wissen, wie es mir geht und ob ich bis zur Premiere fit bin. Anscheinend bin ich doch keine unbeliebte Außenseiterin.

"Ich habe ihnen gesagt, dass es nur eine normale Erkältung ist und du bis dahin locker wieder dabei bist", sagt Mudda. "Ansonsten hätten sie auf die Schnelle noch jemand anderes gesucht. Ist deine Rolle nicht so groß?"

Ich will aus meinem Kissen auffahren, doch es klappt nicht recht.

„Sie können ruhig jemanden suchen", krächze ich aufgeregt. Das wäre ja die Lösung!

Aber Mudda schüttelt bloß den Kopf. „Lea, ich bin so froh, dass du in der Theater-AG mitmachst", sagt sie. „Du hast doch sonst keine Hobbys."

Schwer lasse ich mich zurückfallen. Ich fühle mich zu schlapp, um zu protestieren. Toll, das denkt Mudda also von mir! Ich will nur noch eins: SCHLAFEN!

Freitag, 22. November

Ich fühle mich endlich wieder besser. Dafür gibt es zwei Gründe: 1.) Ich habe genug geschlafen. 2.) Morgen Abend spielt unsere Schülerband im Jugendzentrum. Paula hat es mir gestern erzählt und gefragt, ob ich mit ihr und Julia hingehen will. Klar, will ich. Alle gehen da hin. Das heißt, auch du und Yasar. Dann sehe ich euch beide und habe den direkten Vergleich. Keine Frage, wer da gewinnt, du natürlich. Pinky wird bestimmt auch kommen, schluck. Aber da muss ich wohl durch.

Doch als ich Mudda sage, dass ich morgen Abend zum Konzert unserer Schülerband gehe, macht sie mir einen dicken Strich durch die Rechnung. Ich hätte wohl vergessen, dass sich Oma Marion angekündigt habe, und jetzt rate mal, wann sie kommt? Genau, Samstagnachmittag, und sie übernachtet in Papas Wohnung und bleibt bis Sonntagvormittag. Mann, wann ist mein Leben eigentlich mal wieder etwas anderes als eine Verkettung unglücklicher Zufälle? Ich kann Oma Marion wirklich leiden, sie ist nett und so weiter, aber am Samstagabend kann ich sie einfach nicht brauchen. Dass Mudda das nicht verstehen will! Vor allem, die größte Frechheit ist: Mudda wird nicht mit runterkommen, sondern hat mit Gaby vorsichtshalber das gesamte Wochenende verplant: Heute schauen sie sich ein sozialkritisches Theaterstück an und morgen gehen sie essen. Irgendwo hat ein neues Bio-Restaurant aufgemacht, da wollen sie die Vöner testen (Döner für Veganer). Ich glaub, ich flipp aus!

Weil Papa dagegen ist, bleibt Mudda auch dabei. Na toll! Was nützen getrennte Eltern, wenn sie sich immer wieder so unglaublich einig sind? Mudda kann Oma Marion zwar nicht leiden, aber sie findet es höflicher, wenn ich morgen Abend da hingehe. In diesem Fall ist Höflichkeit wohl der absolute Spaßkiller. Danke, Mudda! Ich wünsche mir jetzt ganz fest, dass ich doch noch zu diesem Schülerkonzert komme, und dann schicke ich eine Wunschrakete ins Universum. Wie sich dieser Wunsch erfüllen soll, ist mir völlig unklar, aber Mudda hat mal gesagt, dass man sich darum nicht kümmern muss. Es geht ja nur ums Loslassen. Also, adieu, lieber Wunsch, bis zu deiner Erfüllung dann!

Samstag, 23. November

Es ist jetzt 19:15 Uhr und in einer Dreiviertelstunde beginnt das Konzert. Ohne mich. Irgendwas habe ich falsch gemacht. Das Universum ist eine blöde Kuh! Anstatt mir meinen Wunsch zu erfüllen, lässt es mich stundenlang mit Papa, Oma Marion und Tim in Papas winzigem Wohnzimmer sitzen. Gut, heute Nachmittag waren wir im Park-Café und haben Kuchen gegessen. Danach sind wir im Park spazieren gegangen. Aber dann ging es auch schon zurück in Papas Wohnzimmer, wo uns Oma Marion ungefähr 400 Fotos von Ägypten gezeigt hat. Sie war dort mit ihrer Seniorengruppe in Urlaub und ist auf einem Kamel geritten. Davon gab es ungefähr 25 Fotos. Wenigstens waren die ganz witzig und Oma Marion fand es nicht mal schlimm, dass Tim und ich uns darüber kaputtgelacht haben. Ansonsten war es stinklangweilig: Gertrude Meier vor der Pyramide, Ehepaar Kunz vor der Pyramide, ach ja, und Hildegard und Amelie vor der

Pyramide. Nicht zu vergessen, Gertrude Meier, Ehepaar Kunz und Hildegard und Amelie vor dem Hotel. Und am Flughafen. Mann, war ich froh, als der Abflug kam. Es gibt echt nichts Schlimmeres als Fotos von Leuten, die man nicht kennt, findest du nicht auch, Jan? Na ja, ich wollte schon aufatmen, weil die Ägyptenfotos zu Ende waren, da zog Oma den nächsten Stapel hervor. Sie gibt nämlich jetzt sozial schwachen Kindern ehrenamtlich Musikunterricht. Efrem am Klavier, Kevin beim Geigespielen, Jacqueline mit der Blockflöte. „An den Kindern könnt ihr euch ein Beispiel nehmen", sagte Oma zu Tim und mir. Sie ist immer wieder enttäuscht, weil ihre Enkel beide kein Instrument spielen.

Zwischendurch kam Mudda hereingeschneit und hat Oma mit einem möglichst liebenswürdigen Gesicht erklärt, dass sie zu einem dringenden Termin mit ihrer neuen Geschäftspartnerin müsse. Daher könne sie leider nicht den Abend mit ihr verbringen. Sie erzählte von ihrem neuen Laden, den sie hoffentlich bald finden würden. Woraufhin Oma mit einem ebenso bezaubernd erzwungenen Lächeln erwiderte: „Dann versuchst du nun also auch etwas Richtiges. Ich wünsche dir sehr, dass es dieses Mal gelingt."

Da froren Muddas Gesichtszüge ein, wie sie es immer tun, wenn sie etwas ärgert. Mit einem frostigen „Danke" stolzierte sie hinaus und wenig später knallte die Wohnungstür ins Schloss. Ich konnte nachvollziehen, dass sie sich diesen Abend nicht antun wollte.

Umso weniger kann ich verstehen, warum ich es mir antun muss.

„So, dann mach mal den Fernseher an!", sagt Oma Marion zu Papa. Der guckt sie verdutzt an.

„Ja, heute läuft doch das große Hans-Goldeisen-Konzert", klärt sie ihren Sohn auf. Hans Goldeisen ist der Schlagerstar, bei dem Tante Conny im Background-Chor mitsingt. Habe ich schon erwähnt, wie ich ihn finde? Absolut grauenhaft!

Auch Papa guckt plötzlich, als hätte er Zahnschmerzen. Doch er schaltet seufzend den Fernseher ein und wenige Sekunden später ist Goldeisens grobporiges Gesicht auf dem Bildschirm zu sehen. Seine Stimme schallt durch das Wohnzimmer. Tim rollt mit den Augen und schaut mich genervt an. Tja, mein Musikgeschmack ist das doch auch nicht. Aber was soll ich tun?

Da entdeckt Oma Marion Papas Gitarre in der Ecke. „Spielst du wieder?", fragt sie hoffnungsvoll. Als Papa nickt, fügt sie erleichtert hinzu: „Dann bist du auf einem guten Weg. Die Trennung solltest du bald überwunden haben."

„Na ja …", sagt Papa.

„Er spielt nur traurige Lieder", ergänze ich, um auch mal etwas zum Gespräch beizutragen.

„Oh nein", stößt Oma Marion betrübt aus. „Sei doch froh, dass du diese Verrückte ... also, was ich sagen will: Du kannst doch ganz andere Frauen haben und ... Ohh!" Mit einem spitzen Schrei unterbricht sie sich selbst. „Da ist Conny!" Aufgeregt deutet sie auf den Fernseher, wo für drei Sekunden der Background-Chor eingeblendet wird und man Conny erahnen kann.

Conny!

Hans Goldeisen

Missmutig starre ich auf den Bildschirm. Es ist jetzt 19:45 Uhr und meine Laune wird immer schlechter. Nicht nur, weil sich Oma Marion kaum beherrschen kann, in Tims und meiner Gegenwart über Mudda herzuziehen. Nein, anstelle eines wirklich grandiosen Konzerts mit dir und Yasar muss ich mir so einen Schlagerkram mit Hans Goldeisen reinziehen. Ey, Universum, ich hasse dich, nur dass du es weißt!

„Wie gut Conny noch immer aussieht, nach all den Jahren", ruft Papa eine Spur zu begeistert aus. „Wie geht es ihr eigentlich?"

Oma Marion sieht noch immer gebannt auf den Bildschirm. Wahrscheinlich in der Hoffnung, noch eine Sekunde von Conny in Großaufnahme zu erhaschen, wie sie „Uh-uh-uh" singt. „Ich weiß nicht", erwidert sie langsam. „Sie hat ja mit der Tournee so viel um die Ohren, da bleibt kaum Zeit, sich zu melden."

„Die paar Töne könnte ja sogar ich von mir geben", sage ich und Tim lacht.

Papa blinzelt uns verschwörerisch zu. „Bitte, ein wenig mehr Ernsthaftigkeit. Conny macht einen hervorragenden Job."

Ich erhebe mich stöhnend von der Couch. „Ich geh mal aufs Klo."

Als ich zwei Minuten später aus dem Badezimmer rauswill, ramme ich Oma Marion fast die Tür gegen den Kopf. Erschrocken weicht sie zurück und lächelt mich an. „Ich muss auch mal", flötet sie. Doch gleich darauf wird sie ernst. „Na gut, ich habe gelauscht."

GELAUSCHT? Wie ich Pipi mache, oder was?

„Oma Marion!", rufe ich empört aus.

„Ich spüre doch, dass mit dir etwas nicht stimmt, Lea", sagt sie. „Und da wollte ich wissen, ob du heimlich auf dem Klo weinst."

Klar, dafür bin ich doch bekannt. Aber gut, Oma Marion ist so selten bei uns, da kann sie natürlich nicht wissen, dass ich zurzeit ständig und überall losheulen muss. Und es selten noch rechtzeitig vorher aufs Klo schaffe.

Ich entschließe mich, ehrlich zu sein. Und was soll ich sagen – ich glaube, meine Wunschrakete ist soeben direkt aus dem Universum auf Oma Marion gekracht.

Ich liebe Oma Marion! Sie mag noch so schrullig sein – gerade hat sie bewiesen, dass sie auch cool sein kann. Dass es kein klassisches Konzert ist, habe ich lieber mal verschwiegen. Aber ich sehe darin auch kein Problem. Oma Marion denkt ja schließlich auch, dass Conny klassische Musik macht. Nur weil bei Hans Goldeisen ein paar Geigen vorkommen.

Das eigentlich Coole an Oma Marion ist, dass sie voll mitspielt, als wir danach zurück ins Wohnzimmer gehen und ich ein bisschen huste und sage, dass meine Erkältung wohl doch noch nicht ganz auskuriert ist. Oma springt sofort drauf an und sagt, dass sie mich jetzt nach oben ins Bett bringt und mir noch einen Tee kocht. Papa ist verwundert und Tim guckt ganz neidisch. Er probiert ein zaghaftes Husten, aber damit stößt er bei Oma Marion auf taube Ohren.

Oben in meinem Zimmer will ich mir schnell was anderes anziehen. Das gestaltet sich jedoch ein wenig schwierig. Oma Marion sucht meinen Kleiderschrank nach einer weißen Bluse ab, die es zum Glück nicht gibt. „Aber du musst doch was Schickes haben", sagt sie ratlos.

Ich schüttele den Kopf. „Oma, so geht heute keiner mehr zum Konzert." Und ich ziehe eine rote Strumpfhose an, eine kurze Jeans und ein weites Shirt. Darüber eine kurze Kapuzenjacke. Meine Haare verwuschle ich noch ein bisschen. Zum Schminken bleibt keine Zeit, aber das will ich jetzt auch lieber nicht riskieren. „Du siehst aus, als würdest du zu einem Lumpenball gehen", stellt Oma fest, als ich fertig bin und in meine Boots schlüpfe. Doch dann drückt sie mir einen Kuss auf die Wange und wünscht mir viel Glück.

„Für was denn?", frage ich irritiert.

„Na, dass der Junge da ist, für den du dich so hergerichtet hast", erwidert Oma Marion augenzwinkernd. „Ganz so blöd sind Omas auch nicht!"

Ich muss lachen. Ob Oma Marion Gedanken lesen kann? Jedenfalls weiß sie anscheinend von dir, Jan, ohne dass ich dich auch nur mit einem Wort erwähnt habe.

Als das Taxi vor dem Jugendzentrum anhält, ist es halb neun. Das Konzert ist schon in vollem Gange. Bunte Lichter blitzen durch die ansonsten dunklen Scheiben und lassen die Umrisse von tanzenden Menschen erkennen.

Ich habe Paula eine SMS geschrieben und sie hat geantwortet, dass sie in der Nähe vom Eingang sein wird. Nachdem ich drei Euro Eintritt bezahlt habe, bekomme ich einen Bärchen-Stempel auf den Handrücken. Wie peinlich, aber zum Glück haben den ja alle. Dann betrete ich den großen Raum. Stickige Luft und die Cover-Version von Adeles „Rolling in the deep" schlagen mir entgegen. Ich finde, unsere Schülerband macht super Musik, dafür dass sie nicht mal einen Namen hat. Paula kommt auf mich zugerannt und umarmt mich. „Wie schön, dass du doch noch wegdurftest!", schreit sie mir ins Ohr. „Die Stimmung ist super!" Und sie zieht mich mit in die Menge, wo Julia schon ausgelassen tanzt. Was ist denn mit meinen beiden Freundinnen los? Auf Pinkys Party standen sie noch stock-steif in der Ecke rum und hier sind sie auf einmal die Dancing-Queens schlechthin. Ob sie sich hier einfach wohler fühlen als bei Pinky? Übrigens sehe ich Pinky nirgendwo und irgendwie bin ich richtig erleichtert darüber. Dafür steht plötzlich Yasar vor mir.

„Hi Lea! Geht's dir wieder gut?", brüllt er in mein Ohr. Als ich verlegen nicke, streicht er mir eine Haarsträhne aus dem Gesicht, fast wie nebenbei, aber ich spüre, wie langsam ein paar Nashörner angetrabt kommen. Und dann entdecke ich dich! Jan, du hebst lächelnd ganz kurz deine Hand. Hast du mir gerade gewinkt? Ein bisschen ist es so, als hätte es den Samstag vor einer Woche nie

gegeben. Wow, ein tolles Gefühl!
In mir toben die Nashörner aus-
gelassen umher. Das Einzige, was
mir jetzt noch übrigbleibt, ist einfach mitzumachen. Ich tanze an
Yasar vorbei und ich tanze und
tanze und tanze. Ganz allein, nur
für mich! Aber ich weiß, dass du
da irgendwo neben mir bist. Als ich
die Augen öffne, sehe ich dich im flackernden Licht auch allein
tanzen. Es sieht ein bisschen schüchtern aus. Am liebsten würde ich
mich einfach in deine Arme schmeißen. Aber das wäre vermutlich
total daneben. Warum nur tanzen wir hier zwei Meter voneinander
entfernt, jeder für sich? Ich meine, gut, die meisten anderen tanzen
auch allein, aber jetzt spielt die Band auch noch von Silbermond „Du
bist das Beste, was mir je passiert ist". Wie gerne würde ich das auch
zu dir sagen. Um uns herum finden nun doch einige zusammen und
tanzen enger. Das wäre die Gelegenheit! Da kommst du auf mich zu
und lächelst. Jetzt ernsthaft? Was hast du vor? Ich kann mein Glück
kaum fassen, als du deine Hand auf meine Schulter legst … um dich
dann sanft an mir vorbeizuschieben und zur Getränkeausgabe zu gehen. Toll! Alle Nashörner rutschen zum Schlafengehen in den Keller.
Zum Glück ist das Lied zu Ende und ich stehe nicht mehr ganz so
verloren auf der Tanzfläche herum. Yasar hat übrigens mit irgendeinem Mädchen aus seiner Klasse getanzt. Ganz eng umschlungen.
So ein Aufreißer!

Jetzt kommen wieder schnellere Songs und alle springen wild herum. Auch ich! Du kommst mit einem Getränk zurück und ich stelle fest, dass es eine Flasche Cola ist. Überhaupt trinkt hier keiner Bier oder irgend so was – liegt wohl daran, dass sie im Jugendzentrum keinen Alkohol ausschenken.

Heute ist mein Abend! Richtig mit dir zu tanzen hat zwar bislang nicht geklappt, aber wer weiß? Der Abend ist noch lang, vielleicht kommen wir ja irgendwie ins Gespräch. O. k., zum Reden ist es hier eindeutig zu laut. Aber Reden wird sowieso überbewertet. Ich habe mal von einem Versuch gelesen, da wurden fremde Frauen und Männer jeweils zu zweit an einen Tisch gesetzt. Die einen durften sich eine halbe Stunde lang unterhalten und die anderen mussten sich genauso lang stumm in die Augen schauen. Und jetzt rate mal, wer sich danach mehr zueinander hingezogen fühlte? Bingo, diejenigen, die sich einfach nur angeschaut haben. Ist doch krass, oder? Wir sehen uns jetzt ja auch schon seit Wochen immer nur an und reden kaum etwas. Und trotzdem fühle ich da so eine Verbundenheit zu dir … o. k., ich tanze jetzt mal lieber nur und lass all meine Gedanken los. Das tut so gut! Tanzen ist das Größte, ich fühl mich so frei … so … WOW!

Ich weiß gar nicht, wie lange ich jetzt schon tanze. Bin inzwischen richtig außer Atem. Was ist denn das für eine alte Tante da auf der Tanzfläche? Die rockt ja ganz schön ab, so zwischen all den Teenies.

Dass ihr das nicht peinlich ist! Jetzt kommt sie näher getanzt – oh mein Gott, das darf nicht wahr sein!!! „MUDDA!", schreie ich vor Schreck so laut, dass die Leute um mich herum grinsend oder teilweise mit angewiderten Gesichtern zu mir schauen. Auch du guckst etwas pikiert. Super, jetzt denkst du wahrscheinlich, dass ich so ein Assi-Mädchen bin, dass seine Mutter „Mudda" nennt. Ich starre Mudda entgeistert an und möchte auf der Stelle explodieren.

Und damit rauscht Mudda schon mal zum Ausgang. Wenigstens darf ich mich noch von meinen Freunden verabschieden. Ich gehe zu Julia und Paula und umarme sie. Auch Yasar kommt kurz vorbei und drückt mich. Dann bahne ich mir den Weg durch die Menge zum Ausgang. Zögerlich bleibe ich vor dir stehen.

„Gehst du?", rufst du laut. Ich nicke.

Und dann umarmen wir uns! Ganz lange. Viel länger, als ich Paula oder Julia oder Yasar umarmt habe. Es fühlt sich so schön an, die Nashörner und ich heben mit einem Heißluftballon in Richtung Sterne ab und ich streichele dir über den Rücken, als wäre das die normalste Sache der Welt.

„Tschüss", sage ich und dein Mund ist ganz nah an meinem Ohr, als du mir erwiderst: „Tschüss, Lea! Ich hoffe, das mit dir und Yasar wird bald wieder."

Jemand hat den Heißluftballon zerstochen und alle Nashörner stürzen gleichzeitig und ohne Fallschirm ab!

Sonntag, 24. November

Habe ich wirklich gedacht, nur weil ich drei Tage lang krank und nicht in der Schule war, hätten alle meinen peinlichen Auftritt auf Pinkys Party vergessen?

Weißt du, was ich letzte Nacht gemacht habe, Jan? Ich habe die Notfallkiste mit Schnuffel hervorgeholt. Ganz lang hat er Monster von meinem Bett ferngehalten – keine Ahnung, wie er das mit seinen

Schlappohren gemacht hat, aber er war einer der Helden meiner Kindheit. Leider ist Schnuffel jetzt nur noch halb so groß wie vor zehn Jahren, und als ich seinen vertrauten Geruch eingeatmet habe, musste ich schon wieder losheulen, weil mir bewusst wurde, dass ich genau zwei Probleme habe: 1.) Ich bin zu alt für Schnuffelhasen. (Das ist ein kleines Problem.) 2.) Mein Leben dreht sich im Kreis. (Das ist ein großes Problem.)

Wenn man den Erzählungen meiner Familienmitglieder glauben darf, hat sich gestern Abend bei mir zu Hause wohl noch eine wahre Tragödie abgespielt. Papa, Oma und der Troll haben Hans Goldeisen geschaut. Obwohl sich der Troll fürchterlich gelangweilt hat, fand er es sehr cool, dass er so lange aufbleiben durfte. Doch plötzlich kam anscheinend Mudda reingeplatzt und fragte, warum Tim noch nicht im Bett ist. Oma Marion hat etwas gehaspelt, von wegen, das würde sie jetzt mal schnell erledigen, aber Mudda erwiderte nur kühl: „Bemüh dich nicht. Unterhalte dich lieber noch ein bisschen mit deinem Sohn." Dann hat sie Tim geschnappt und ist mit ihm nach oben. Doch nach zehn Minuten kam sie wieder und hat wohl furchtbar gebrüllt, ob jemand wüsste, wo ich stecke. Laut der Schilderung von Oma Marion hat sich das Ganze so abgespielt:

O. k., ab da war es endgültig vorbei. Den Rest kennst du ja. Ich wünschte, Oma hätte Recht und Mudda wäre wirklich eine Rabenmudda, dann wäre sie vielleicht nicht sofort ins Jugendzentrum gefahren, sondern hätte sich einfach in ihr Bett gelegt und geschlafen.

Das wäre für alle das Beste gewesen. So aber musste sie mich vor allen Leuten blamieren und auch noch oberpeinlichst tanzen. Angeblich hat sie das gemacht, um sich abzureagieren, weil sie wegen Oma und mir auf hundertachtzig war. Aber ich sag dir, das war tiefste Demütigung, ein gemeiner Schachzug im Spiel um die Macht. In echt ging es nämlich gar nicht darum, dass ich heimlich auf das Konzert gefahren bin. (Schließlich gab es im Jugendzentrum nicht mal Alkohol!). In Wahrheit bin ich ein armes Opfer. Oma Marion hatte sich nur mit mir verbündet, um Mudda eins auszuwischen. Und Mudda fühlt sich von mir hintergangen. Ich hätte das gnadenlos ausgenutzt, nur um auf das Konzert zu kommen. Was kann ich denn dafür, wenn SIE es mir nicht erlaubt?!

Heute Morgen war immer noch ein Riesengeschrei deswegen. Der Troll hat sich in seinem Zimmer verkrochen, während Oma und Mudda sich wegen Erziehungsfragen angegiftet haben. Papa ist wie ein Clown zwischen beiden Seiten hin- und hergehüpft. Er wusste gar nicht, zu wem er halten sollte, denn einerseits hatte Oma ihn ja auch hintergangen, andererseits konnte er aber auch nicht dulden, wie Mudda Oma beschimpfte. „Jetzt vertragt euch doch!", versuchte er zu schlichten, doch die beiden Damen beachteten ihn überhaupt nicht. Deshalb hat er sich an mich gewandt, um mir noch einmal zu sagen, wie enttäuscht er sei, dass ich ihn gestern Abend angelogen habe. Aber das ist zum Glück in dem ganzen Gezeter untergegangen. Schließlich hat Oma ihren Lieblingssatz gebracht: „Ohne Worte!", obwohl sie da bestimmt schon 500 Schimpfkanonen abgelassen hatte. Und dann ist sie wie immer wütend abgereist. Vorher hat sie mir allerdings noch zu verstehen gegeben, wie maßlos enttäuscht sie von mir ist. Ich hätte mich wirklich selten dämlich angestellt. „Wenn du wenigstens eine Wurst aus deiner Bettdecke gerollt hättest, dann hätte deine Mutter geglaubt, dass du schläfst, und keinen Verdacht geschöpft!", behauptete sie. Toll, daran hätte sie ja auch gestern Abend denken können, anstatt hier den beleidigten Wurstsalat zu spielen. Meine gesamte Familie ist mal wieder gegen mich. Selbst der Troll ist sauer, weil ich angeblich gestern einen unterhaltsamen Abend hatte und er nicht.

So viel also zu Problem Nummer 2: Mein Leben ist ein Kinderkarussell. Leider hat es jemand so fest angeschubst, dass ich einfach nicht abspringen kann.

Ich habe immer noch keine beste Freundin mehr und – ach ja, du denkst, dass ich mit Yasar zusammen sein will. Yasar! Den ganzen Tag liege ich in meinem Zimmer und starre die Decke an. Ich weiß überhaupt nicht, was ich will, und fühle eines am meisten: EINSAMKEIT! Am liebsten wäre ich jetzt ganz schnell erwachsen. Es wäre gut, wenn mein Karussell so eins wäre wie in dem Roman „Herr der Diebe": Man setzt sich drauf und nach ein paar Umdrehungen ist man ein paar Jahre älter. Das wäre im Moment ideal. Wobei, was ich dann wohl alles verpassen würde? Ich sag ja: Ich weiß einfach nicht, was ich will. Und das Leben ist sowieso ganz offensichtlich kein Wunschkonzert.

Zum Trost gehe ich mir jetzt einen Berg Schokolade aus der Küche holen.

Immer wenn du denkst, es geht nicht mehr, kommt von irgendwo noch mehr Pech daher!

Gerade als ich die Küchentür öffnen wollte, höre ich die Stimmen von Mudda und Papa. Sie klingen vertraut und ich spitze die Ohren. Geht da vielleicht wieder was zwischen den beiden? Vorsichtshalber bleibe ich vor der Tür stehen und lausche durch den kleinen Spalt. Worüber sie sich wohl unterhalten? Ein paar Sekunden später habe ich es begriffen: Es geht um MICH!!!

„Sie ist einfach un-zuverlässig", sagt Mudda gerade und es hört sich betrübt an. „Ich habe das Gefühl, die Familie kommt an allerletzter Stelle bei ihr."

„Wir sind aber gerade auch keine so tolle Familie", entgegnet Papa. Danke, das finde ich nämlich auch!

„Du hast ja Recht, aber sie versteht gar nicht, dass wir uns Sorgen machen. Wenn wir nicht wissen, wo sie ist, und sie sich nicht meldet. Wozu haben wir ihr das Handy gekauft? Und die Sache mit dem Alkohol …"

„Also, ich glaube ihr, dass sie sich Wasser in die Bierflasche gefüllt hat …"

Danke, Papa. „So eine verrückte Aktion hätte früher auch von dir kommen können", fügt er noch grinsend hinzu.

„Von mir!", fährt Mudda empört auf. „Das war eine total feige Aktion! So was hätte ich nie gebracht. Ich habe immer zu mir gestanden, so wie ich bin, und tue es auch heute noch. So eine Aktion hätte eher zu einem Mitläufer wie dir gepasst."

„Du hältst mich also für einen Feigling?", fragt Papa leise.

„Nein", antwortet Mudda. Dann ist es eine Weile still. „Aber ich fänd es manchmal gut, wenn du etwas härter durchgreifen würdest. Sieh mal, noch drei Jahre und dann tanzt Tim uns genauso auf der Nase herum. Und Lea immer noch, da muss doch was passieren."

„Soll ich jetzt Hausarrest und Fernsehverbot erteilen oder was willst du? Ich bin einfach nicht der strenge Vater."

„Ich weiß."

„Und außerdem vertraue ich Lea." Danke, Papa. Du bist der Allerbeste, denke ich mir.

„Sie macht keinen Mist, da bin ich ganz sicher." Danke, Papa. Du bist einfach großartig.

„Aber richtig schlimm finde ich, dass sie anscheinend überhaupt keine eigenen Interessen hat." Danke, Papa, du bist … äh, was hat er gerade gesagt? „Es geht ständig nur um Jungs."

„Das ist normal in dem Alter", verteidigt mich Mudda.

„Aber so extrem? Ist es auch normal, dass sie diesem Jan einen komischen Liebesbrief schreibt?"

„Ich finde das süß", erwidert Mudda. „Auf diese Weise kann sie ihre Gefühle verarbeiten. Und wer weiß, vielleicht antwortet der Jan ja mal."

„Das glaube ich nicht", sagt Papa. „Also, ich würde keinem Mädchen antworten, das keine eigenen Interessen hat. Ich wüsste überhaupt nicht, was ich mit so einem Mädchen reden soll. Das ist doch sterbenslangweilig."

„Stimmt", fängt Mudda jetzt auch noch an. „Die Theater-AG interessiert sie eigentlich auch nicht. Da muss auch irgendein Junge dahinterstecken. Wenn sie wenigstens noch in der Kindertanzgruppe mitmachen würde, das hatte ihr doch immer gut gefallen …"

Stimmt, die Kindertanzgruppe. Sie ist ab sechs Jahren und hatte mir vor fünf Jahren viel Spaß gemacht. Aber nach der Ententanz-Vorstellung im letzten Jahr wollte ich die fortgeschrittene Gruppe auf keinen Fall mehr mitmachen.

Ich habe auf jeden Fall genug gehört. Meine Eltern halten mich für einen normalen Teenager, das ist doch schon mal was! Aber sie finden mich vor allem eins: STERBENSLANGWEILIG – und wenn Eltern einen schon langweilig finden, dann bedeutet das … oh nein, ich muss schon wieder heulen. Ich kann nicht glauben, dass Mudda und Papa so über mich reden, wenn sie sich unbeobachtet fühlen. Das macht mich richtig wütend! Denen werde ich's zeigen!

Jan, findest du mich auch so langweilig?

Pinky hat mit Paula den Platz getauscht. Jetzt sitzt sie hinter mir und ich gebe mir Mühe, ihr meinen total entspannten Rücken entgegen- zuhalten und mich obendrein super mit Paula zu amüsieren. Das ist gar nicht so einfach, denn nun quasselt Paula in einem fort mit mir und Frau Sauerwein hat uns schon ein paarmal böse angeguckt. Ich mag Paula echt gern, aber ich will wegen ihr nicht eine noch schlech- tere Note in mündlicher Mitarbeit bekommen. Irgendwie scheint sie zu glauben, dass wir jetzt beste Freundinnen sind. Heute hat sie mir erzählt, dass sie manchmal mit ihrer neunjährigen Nachbarin noch Barbie spiele, das dürfe aber keiner wissen! Dass ich nun eingeweiht bin in ihr Doppelleben, ist wohl ein eindeutiger Freundschaftsbeweis, oder?

Ich bin doch nicht irre!

Und dann ist sie heute auch noch plötzlich in der Theater-AG aufgetaucht. Da hab ich vor Schreck Elsa losgelassen und das irre Huhn ist wie so oft gackernd durch die Turnhalle gerast. Wir mussten wieder zehn Minuten lang hinterher, bis wir sie endlich hatten. Und ich bin fast ausge-rastet und hab Paula angefaucht, dass sie aufhören soll mich über-allhin zu verfolgen. Paula hat aber nur große Augen gemacht und erwidert, dass es gar nichts mit mir zu tun habe, dass sie nun in der Theater-AG sei. Yasar und Frido haben sie letzte Woche dazu überredet. Sie ist ab jetzt unsere Souffleuse. Außerdem hat sie Yasars weißen Glitzer-Anzug weiter gemacht sowie Arme und Beine gekürzt. Jetzt passt der Anzug end-lich Frido und er kann den Menschensohn spielen. Yasar hat es also geschafft. Er darf der böse Vampir sein.

Nur einer passt das ganz und gar nicht.

„Ich spiele bestimmt nicht mit diesem kleinen Fettsack, der die ganze Zeit nur Schokolade frisst!", kreischt Kröten-Caro plötzlich los und sofort ist es totenstill in der Turnhalle. Nur Elsa gluckst leise vor sich hin. In Ausnahmesituationen zeigt Kröten-Caro meistens ihr wahres Gesicht.

Frido baut sich vor ihr auf. „Ich möchte gerne wissen, warum du mich jetzt so kränkst!", sagt er laut und Frau Sauerwein bricht in Entzückensschreie aus.

„Toll, Frido!", ruft sie und ich frage mich, ob sie glaubt, das gehöre zu den Proben.

Doch dann fällt mir ein, dass er das vermutlich in ihrer „Girl-&-Boy-Power-AG" gelernt hat. Bestimmt haben sie da geübt, wie man sich gegen Angriffe im Alltag verteidigt. Fast bin ich ein bisschen neidisch, weil Frido sich plötzlich so viel traut. Auch Paula stellt sich jetzt mutig vor Kröten-Caro. „Frido kann die Rolle des Menschensohns in- und auswendig und er spielt sie sehr gut. Ich habe mit ihm geübt."

„Schön für euch!", zischt Kröten-Caro. „Aber Frido ist einen Kopf kleiner als ich, das sieht ja wohl voll lächerlich aus!"

„Caroline!", herrscht Frau Sauerwein ihre Lieblingsschülerin an. So kenne ich sie gar nicht! Jedenfalls nicht im Umgang mit Kröten-Caro. „Das hätte ich nicht von dir gedacht!"

„Aber Sie müssen doch sehen, wie klein Frido ist." Jetzt schluchzt Kröten-Caro schon fast.

„Das dürfte in der heutigen Zeit ja wohl kein Problem mehr sein", erwidert Frau Sauerwein streng. „Und selbst wenn, dann können wir damit ein Zeichen setzen. Es gibt viele Paare, bei denen der Mann kleiner ist. Ich denke, wir stimmen ab. Wer ist dafür, dass Frido und Yasar die Rollen tauschen? Beide können die Texte einwandfrei."

Die Wahl ist eindeutig. Alle bis auf Kröten-Caro und ein Mädchen aus ihrer Gefolgschaft stimmen dafür, dass Yasar und Frido die Rollen tauschen. Das ist zu viel für Kröten-Caro.

Ich sag dir, Jan, sei froh, dass du rechtzeitig abgehauen bist. Es ist das reinste Affentheater. Die Nerven liegen blank. Nur Yasar läuft jetzt wieder zufrieden durch die Proben und grinst mich andauernd mit seinem Vampirgebiss an.

Nach der Theaterprobe winkt Frido Paula und mir zu. „Danke noch mal, Paula, dass du mir den Anzug umgenäht hast. Tschüss, Lea!" Und damit ist er verschwunden. Ich starre Paula mit offenem Mund an, ungefähr so wie sie mich, als Yasar mich von hinten umarmt hat. „Was geht da eigentlich zwischen dir und Frido, hm?"

Paula wird ein wenig rot. „Ich nähe halt so gern, und weil Yasar unbedingt der böse Vampir sein wollte, hat er Frido beschwatzt mit ihm zu tauschen. Und weil das nur ging, wenn er in den Anzug passt, hab ich ihn halt gekürzt und weiter gemacht. Das war kein Problem, ging total schnell", fügt sie rasch hinzu. „Ich näh doch so gern."

Ja, das hat sie jetzt schon zweimal beteuert. Ich hänge mich bei ihr ein, während wir über den Sportplatz zum Schulausgang gehen. „Komm, Paula, mir kannst du es doch sagen", beginne ich verschwörerisch. „Seid ihr vielleicht heimlich zusammen?"

Paula wird noch dunkelroter. „Quatsch! Wir sind gute Freunde, das ist alles", sagt sie schnell. „Ich hab ihm einen Gefallen getan, weil ich …"

„… gern nähe, ich weiß", ergänze ich grinsend. Dann komme ich plötzlich ins Grübeln. Paula hat wenigstens ein Hobby. Etwas, das sie wirklich mag (abgesehen vom Barbiespielen). Und Frido mag sie dafür anscheinend auch sehr gern. Ich muss an das Gespräch von Mudda und Papa denken. „Paula, findest du mich eigentlich langweilig?", frage ich mit einem Mal.

Paula sieht mich erstaunt von der Seite her an. „Auf jeden Fall nicht langweiliger als mich", antwortet sie. Na toll, das war jetzt ganz schön ehrlich. Vielen Dank auch!

„Aber im Vergleich zu Pinky bin ich langweilig, oder?", bohre ich weiter.

Paula überlegt kurz. „Im Vergleich zu Pinky sind wir alle langweilig. So wie wir im Vergleich zu Kröten-Caro alle hässlich sind. Das ist halt so. Aber was sagt das schon aus? Hey, du hast trotzdem den tollsten Typen von allen abgekriegt!", versucht sie mich aufzumuntern. „Na ja, bis Pinky ihn dir halt weggeschnappt hat. Aber ich glaube, du hättest immer noch Chancen bei Yasar! So, wie der guckt!"

„Ach, um Yasar geht es nicht wirklich!", sage ich leise.

Paula bleibt stehen und schaut mich mitleidig an. „Immer noch der Jan?", erkundigt sie sich und ich frage mich, ob vielleicht ein „J" auf meiner Stirn tätowiert ist. Aber egal, weißt du, ich hatte auf einmal das dringende Bedürfnis, alles loszuwerden. Und weil gerade niemand mit mir redet außer Paula, habe ich es ihr erzählt. Von meinen Eltern und von dir, und dass du denkst, ich sei in Yasar verliebt. Und wie unglücklich ich darüber bin.

Paula sagt die ganze Zeit nichts. Erst als ich fertig bin, meint sie auf einmal: „Warum sagst du ihm das nicht einfach?"

O.k., Paula kennt anscheinend Pinkys Regeln noch nicht. Ich erläutere sie ihr mal eben. Doch Paula winkt ab. „Das ist alles völlig überholt", sagt sie und packt mich am Ärmel meines Anoraks. Sie zieht mich in das Schulgebäude hinein.

„Hey, was soll das? Wo willst du hin?", rufe ich.

Paula antwortet nicht. Stattdessen zerrt sie mich in den Computerraum vor einen Bildschirm. Sie holt einen zweiten Stuhl herbei und loggt sich in den Rechner ein.

„Du schreibst dem Jan jetzt eine Mail", sagt sie und wirkt plötzlich unglaublich bestimmend.

„Aber … ich hab ja gar nicht seine E-Mail-Adresse", sage ich und freue mich. Nie im Leben schreibe ich dir eine Mail! Vorher trete ich in ein Kloster ein oder ziehe gleich zu Oma und Opa nach Nepal …

„Wozu gibt es Facebook?", sagt Paula und hat auch schon die Seite aufgerufen.

„Da habe ich nur leider keinen Account", frohlocke ich.

„Aber ich", erwidert Paula und ist auch schon auf deinem Profil. *Wenn du Jan Wildemann kennst, schicke ihm eine Freundschaftsanfrage* steht da. „Du bist ja nicht mit ihm befreundet", sage ich hoffnungsvoll, aber eigentlich weiß ich, dass das egal ist.

„Eine Nachricht können wir ihm trotzdem schreiben." Paula drückt auf *Nachricht senden*. Plötzlich erwachen alle Nashörner gleichzeitig und rasen kopflos durch meinen Bauch.

„Paula, nein! Was soll ich denn schreiben? Mir fällt da nichts ein …"

„Aber mir!" Paula beginnt zu tippen: *„Lieber Jan, alles ist ein Missverständnis. Ich bin nicht in Yasar verliebt, sondern in dich …"*

„STOPP!!!", rufe ich so panisch, dass die anderen Schüler sich nach uns umdrehen. „Lösch das!", zische ich.

Paula löscht und beginnt erneut zu tippen. Jetzt erscheint in dem kleinen Nachrichtenkästchen folgender Text:

———— Unterhaltung 25. November gestartet ————

Pau-la
Lieber Jan, ich schreibe dir über Paulas Profil, weil ich nicht bei Facebook bin. Ich wollte dir nur sagen, dass ich nicht in Yasar verliebt bin. Ich <<,-.m#-.,ö

Dann bricht die Nachricht ab, und weißt du, warum? Weil ich versucht habe Paula davon abzuhalten, weiterzuschreiben. Und dabei bin ich mit meinem Ellbogen auf die Maustaste und irgendwie auf *Senden* gekommen. Ich weiß nicht, wie das passieren konnte, aber auf einmal steht da: *Nachricht wurde gesendet*. Ich starre Paula entgeistert an und sie reißt ihre Augen auf. „Mensch, Lea, ich war doch noch gar nicht fertig!"

Ich kann nicht fassen, dass dies alles ist, was sie dazu zu sagen hat!

Ich vermisse PINKY! Was würde sie wohl sagen, wenn sie wüsste, dass ich ihre erste Regel gebrochen habe? Gut, *ich* habe sie nicht gebrochen, sondern Paula, aber woher sollst du das wissen, Jan? Paula meint, da kein Name unter der Nachricht steht, wüsstest du vielleicht gar nicht, dass sie von mir kommt. Aber bitte, so viele Freundinnen hat Paula nun auch wieder nicht, und wer ist wohl gerade in aller Munde, weil sie Yasar und Pinky beim Knutschen erwischt hat? Genau, ICH!

Nie wieder werde ich mich von Paula in Sachen Liebe beraten lassen, so viel steht fest!

Jan, hast du meine Mail schon gelesen? Ich weiß, sie ist einfach nur MEGAPEINLICH, aber wenn ich ganz ehrlich bin, hoffe ich, dass du dich trotzdem darauf meldest. Irgendwas Kleines könntest du doch zurückschreiben, oder wenigstens mal nachfragen bei Paula, was das soll. Aber nein, heute in der Pause guckst du zwar ziemlich auffällig, aber kaum guck ich zurück, guckst du auch schon wieder weg. Super, dasselbe Spiel wie immer. Langsam fängt es an mich zu nerven!

Dafür kommt Yasar plötzlich zu uns rüber. „Können wir mal reden?", fragt er, und als ich mit klopfendem Herzen nicke, nimmt er meine Hand und zieht mich von unserer Graffiti-Mauer runter. „Nicht vor allen anderen." Widerstandslos folge ich ihm. Vielleicht sollte ich doch die „Girl-&-Boy-Power-AG" besuchen. Bei Paula und Frido hat sie wohl definitiv geholfen. Die beiden können sich mittlerweile ziemlich gut wehren, finde ich. Außerdem sind sie fast ein Paar, auch wenn sie weiterhin beteuern nur gute Freunde zu sein. Frido hängt jetzt in der Pause immer bei unserer Mauer ab, was zur Folge hat, dass wir gar keine Mädels-Gespräche mehr führen können, auch wenn er es manchmal probiert.

Manchmal ist Pinky dabei, aber sie behandelt mich wie Luft. Wahrscheinlich muss ich mich damit abfinden, dass unsere Freundschaft vorbei ist. Irgendwie bin ich sogar richtig froh, dass wir nicht mehr nebeneinandersitzen. Mir reicht die Novemberkälte, da brauch ich nicht noch so 'ne Kühlschrank-Lady neben mir. Ist doch wahr!

Das geht mir durch den Kopf, während Yasar mich einmal quer über den Schulhof in eine leere Ecke schleift. Wenn er jetzt versucht mich zu küssen, haue ich ihm wirklich eine runter. „Tut mir leid, dass ich dich gestern in der Theater-AG einfach ignoriert habe", sagt er.

BITTE? Wenn mich einer mit seinem Vampirgebiss fortwährend angrinst, ist das ja wohl nicht ignoriert. „Ist mir gar nicht aufgefallen", antworte ich. Jetzt grinst Yasar und es fehlen nur noch die spitzen Eckzähne. Wahrscheinlich denkt er, das sei eine schnippische Antwort. Warum erwacht immer in den falschen Jungs der Kampfgeist? *Weil die anderen nichts haben, worum sie kämpfen müssen,* würde Pinky mir jetzt antworten. (Warum fällt mir nur immer wieder Pinky ein? Das muss endlich aufhören!)

„Lea, ich weiß echt nicht, wie ich mit dir umgehen soll seit der Sache auf der Party", sagt Yasar. „Pinky geht das auch ganz schön nahe."

„Echt?", frage ich jetzt interessierter. Sind die beiden jetzt vielleicht doch ein Paar?

„Seitdem war nichts mehr zwischen uns." Yasar kann anscheinend auch Gedanken lesen. „Aber ich wüsste jetzt gern mal, was das mit uns ist."

Danke, Jan, dass du mit deinem besten Freund nicht über diese sonderbare Mail gesprochen hast, die du gestern von Paula erhalten hast. Andererseits hätte sich dann dieses Gespräch hier erübrigt. Ich weiß nämlich einfach nicht, was ich Yasar antworten soll. Vielleicht: Lass uns Freunde bleiben? Aber ich weiß nicht mal, ob ich mit Yasar

Und?

befreundet sein kann. Ein kleines Nashorn purzelt einsam und verloren durch meinen Bauch. „Ich weiß es nicht, Yasar", sage ich leise, und keine Ahnung, warum, aber plötzlich bin ich so ehrlich, wie ich nur sein kann. „Ich mag dich, wirklich. Also, ich empfinde irgendwas für dich, aber ich glaube, es ist einfach nicht genug. Tut mir leid", füge ich noch hinzu, weil es mir wirklich leidtut.

„O. k., aber dann will ich auch keine Szenen mehr von dir, wenn ich ein anderes Mädchen küsse!" Wow, eins muss man Yasar lassen: Er reagiert verdammt cool! Das Nashorn boxt mir in den Magen, weil mir der Gedanke irgendwie nicht passt, dass Yasar andere Mädchen küsst, aber ich lache tapfer. Eigentlich müsste ich jetzt nur noch zu Pinky gehen und sagen: Es ist alles geregelt! Du kannst den Yasar haben. Aber das kann ich nicht. Weil ich eine feige Heulsuse bin. VERDAMMT!

Donnerstag, 28. November

Du hast dich immer noch nicht auf meine Nachricht gemeldet!
Fast jede Minute denke ich darüber nach, was der Grund dafür sein könnte:

1.) Facebook ist ein Fehler unterlaufen und die Mail kam nie bei dir an. (Höchst unwahrscheinlich.) 2.) Du hast die Mail aus Versehen gelöscht, bevor du sie öffnen konntest. (Ebenfalls nicht gerade wahrscheinlich.) 3.) Du kommst beim besten Willen nicht darauf, wer dir diese Mail geschrieben haben könnte. (Unvorstellbar!) 4.) Du hast die Mail gelesen und findest mich aber überhaupt nicht toll und weißt nicht, wie du reagieren sollst. (Leider eine durchaus denkbare Möglichkeit.) 5.) Du bist einfach viel zu schüchtern, um dich bei mir zu melden. (Das wäre die schönste Erklärung.) 6.) Du denkst, die Mail ist eine Verarschung von Paula. (Von allen Erklärungen erscheint mir diese am wahrscheinlichsten.)

Aber, hey Jan, ich habe für dich deinen besten Freund und den coolsten Jungen der neunten Klassen sausenlassen – und wenn du ein bisschen Ahnung von Mädchen hättest, dann wüsstest du, dass keine Freundin der Welt sich so einen dämlichen Scherz erlauben würde …

Oh Gott, ich denke wirklich nur noch an dich …

Mein Leben muss sich ändern! Zu meiner Familie habe ich zurzeit wenig Kontakt, dafür, dass wir alle unter einem Dach wohnen. Den Troll sehe ich höchst selten, er ist fast jeden Mittag mit seinen Freunden unterwegs. Mit Mudda und Papa rede ich kaum etwas, aber leider merken sie nicht, dass ich sauer auf sie bin. Ich glaube, sie haben vor meiner Pubertät kapituliert und denken, das sei gerade mein Normalzustand. Das Dumme ist nur, dass sie in gewisser Weise Recht haben.

Ich kann mich zurzeit manchmal selbst nicht leiden. Aber das könnte ich nie vor Mudda und Papa zugeben, denn sie haben trotz allem nicht das Recht, heimlich über mich herzuziehen. Deshalb habe ich jetzt beschlossen Mudda und Papa zu beweisen, dass ich sehr wohl noch andere Interessen habe als Jungs. Zuerst ist mir nicht eingefallen, welche Interessen das wohl sein könnten. Aber dann habe

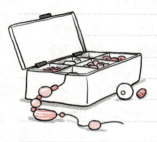

ich in diesem Buch herumgeblättert und es haben sich drei Dinge herauskristallisiert: 1.) Schmuck entwerfen: Keine Ahnung, wie ich das angehen soll, ich hab zwar noch das angebrochene Perlenset, aber im Moment verspüre ich keine große Lust, weitere Armbänder zu machen. Ist vielleicht doch nicht

so mein vorrangiges Interesse. 2.) Mist, eben wusste ich noch, was das zweite Interesse war, aber jetzt ist es mir tatsächlich entfallen. Hab ich Alzheimer oder was? Ach ja, es war das Tanzen: Na, das scheint gerade auch nicht so mein Ding zu sein, wenn ich nicht sofort draufkomme. Bleiben noch

3.) Comics: Wenn ich dieses Buch so anschaue, ist irgendwie klar, was meine wirkliche Leidenschaft ist. Ich

will Comiczeichnerin sein. Das ist das Einzige, was mich die ganze Zeit neben den Jungs-Gedanken beschäftigt. Und deshalb nehme ich morgen meinen ganzen Mut zusammen und gehe zu Chris. Ich zeige ihm meine Nashorn-Comics, die ich gezeichnet habe, als ich krank war.

Vielleicht hat er ja Verwendung dafür. Mann, bin ich aufgeregt, wenn ich daran denke. In der Schülerzeitung spinnen sie nämlich ganz schön. Hab mal gehört, dass sie für eine Fotostory ein richtiges Casting veranstaltet haben, und da saß Chris mit in der Jury. Er war damals in der Siebten und hat Zehntklässlerinnen beurteilt, wie bei einer Modelshow. Das muss man sich mal geben.

Die Schülerzeitung hat leider nicht den besten Ruf, aber ich muss es trotzdem probieren.

Wenigstens weiß ich jetzt auch, wo ich mein Schülerpraktikum im Februar machen will. Bei einem Comiczeichner. Ich habe einen in unserer Stadt ausfindig gemacht und auch schon bei ihm angerufen. Der Typ am anderen Ende klang ein bisschen lahm, so als wäre er gerade erst aufgestanden, aber zum Glück hat er zugesagt. Ich hätte sonst nicht gewusst, wo ich mich noch bewerben könnte. Am Montag müssen wir ja schon unseren Praktikumsplatz angeben, sonst kriegen wir einen zugewiesen. Und dass die Sauerwein mich in irgendeinen Kindergarten steckt – nee, darauf hab ich wirklich keine Lust. Hoffe mal, dass es bei dem Comiczeichner unterhaltsam wird. Wir haben nur fünf Minuten miteinander telefoniert und da hat er bestimmt dreimal gegähnt! Nicht gerade die besten Voraussetzungen. Ich hab mir so einen Comiczeichner irgendwie cooler vorgestellt.

Übrigens war die Theater-AG heute gut. Frido hat mir erklärt, wie ich Elsa am besten beruhigen kann. Ich muss „Puttputtputt" zu ihr sagen und mit den Fingern schnipsen. Habe mir eingebildet, dass es funktioniert. Jedenfalls war sie heute richtig brav und ist nicht weggeflattert. Yasar ist auch nett und überhaupt hab ich gar nicht mehr so viel Angst vor der Premiere nächste Woche. Nur das Heulen bereitet mir noch Kopfzerbrechen. Ich bezweifle, dass ich das noch mal auf Knopfdruck hinbekomme …

O. k., Jan, du schreibst mir nicht. (Vielleicht hast du es vergessen, aber ich habe dich einmal angerufen, also hast du zumindest meine Handynummer und könntest mir eine SMS schicken.)

Pinky hat mal gesagt, wenn sich ein Junge zwei Tage nach einem Date noch nicht gemeldet hat, kann man ihn abhaken. Gut, wir hatten kein Date und du weißt auch nicht hundertprozentig, dass die Mail von mir ist. Theoretisch könntest du also immer noch alles auf Paula schieben … Warum sie dir so etwas schreiben sollte? Nun, das musst du sie schon selbst fragen.

Heute habe ich Chris meine Nashorn-Comics gezeigt und er hat sie lange stirnrunzelnd betrachtet. Dann meinte er, dazu müsse er sich mit den anderen beraten, aber schon nach der ersten großen Pause kam er auf mich zu und sagte, dass sie gern einen Comic abdrucken würden. Jetzt wird im Januar folgender Comic von mir in der Schülerzeitung zu sehen sein:

Ich bin voll stolz und gebe das gleich abends in der Küche bekannt. Mudda putzt gerade Salat für das Abendessen und Papa deckt schon mal den Tisch.

„Übrigens wird in der Januarausgabe der Schülerzeitung ein Comic von mir abgedruckt", sage ich.

Mudda dreht sich zu mir um und sieht mich ganz verzückt an. „Lea, das ist ja toll!" Auch Papa strahlt.

Der Troll kommt rein. „Gibt's bald was zu essen? Ich hab voll Hunger!"

Mudda räuspert sich. „Eigentlich wollte ich es euch erst beim Essen sagen, aber bei mir gibt es auch Neuigkeiten. Gaby und ich haben endlich einen Laden gefunden! Er liegt im Westen und ist gar nicht mal so teuer. Wir haben richtig großes Glück gehabt. Nächste Woche unterschreiben wir den Pachtvertrag."

„Wow, das ist ja fantastisch! Jetzt können wir voll durchstarten!" Papa strahlt noch mehr und in einem Anfall von guter Laune hebt er Mudda hoch und wirbelt sie einmal im Kreis herum. Es sieht ein bisschen aus wie in einem alten Heimatfilm und Tim und ich gucken uns peinlich berührt an. Unsere Eltern sind getrennt und dann machen sie so was???

„Ähm, ich meine natürlich: Wie schön für euch beide", sagt Papa jetzt und räuspert sich verlegen. Mudda zupft mit geröteten Wangen an ihrem bunten Tuch und schiebt ein paar Haarsträhnen darunter.

Und ich?

Ich denke mir nur: Toll, meine Selbstverwirklichung findet in meiner Familie genau zwanzig Sekunden Anklang. Dann kommt Mudda und übertrumpft mich mit ihrem neuen Laden. HALLO?! Ihr findet mich ja wohl nur langweilig, weil ihr überhaupt nicht bemerkt, dass ich auch etwas aus meinem Leben machen kann!

Samstag, 30. November

Jan, ich habe beschlossen dich abzuhaken.
Fühle mich schon ziemlich frei ...

Uaaaahh, das Buch ist WEG!

Wollte eigentlich gar nicht mehr weiterschreiben, sondern mich ausschließlich meiner Karriere als Comiczeichnerin widmen, aber das hier ist eindeutig ein NOTFALL! Diese RATTE! Ich gebe ja zu, dass die Unterhosenschublade nicht so der Bringer war, aber nachdem der Troll das Buch dort erschnüffelt hatte (was nichts mit meinen Unterhosen zu tun hatte, die sind immer alle frisch gewaschen), hab ich mir ein richtig geniales Versteck ausgedacht, um nicht zu sagen, ein supermegageniales. Er hat es auch nicht entdeckt. Ich hatte nämlich einfach den Umschlag von einem schnulzigen Buch drumgemacht, das ich vor ein paar Wochen gelesen hatte. Da wusste ich genau, dass Tim es nie anrühren wird. Und so stand es dann die ganze Zeit in meinem Bücherregal. Tja, nur gestern habe ich den Schutzumschlag abgemacht – ich weiß auch nicht, wieso. Vielleicht, weil mein Unterbewusstsein gestern mit dir abgeschlossen hat, Jan? Jedenfalls komme ich gerade eben vom Schwimmen und was finde ich da in meinem

Bücherregal vor? Nichts! Also, ich meine, eine Lücke! Ich hab einen Riesenschreck gekriegt. Als ich näher ran bin, habe ich dann den Zettel entdeckt.

Mann, hab ich eine WUT im Bauch. Der Troll erlebt den morgigen Tag nicht – oh Gott, hätt ich doch die dämliche Gummibärchen-Rate weitergezahlt.

Ich renne in sein Zimmer, doch die Höhle des Trolls ist leer. Im Wohnzimmer schwebt Mudda wieder in den weiten Sphären des Universums. „Tim wollte zum Spielplatz", erzählt sie mir, während im Hintergrund eine Meditations-CD läuft.

„Sagen Sie Lebewohl zu den Teilen in sich, die Sie nicht mögen", sagt gerade eine Weichspüler-Stimme. Ich rolle mit den Augen.

„Keine Ahnung, warum er da immer hingeht, da sind doch bestimmt nur Erstklässler und Kindergartenkinder – ist was?", unterbricht sich Mudda jetzt selbst.

Ich schüttele den Kopf. Anscheinend hat Mudda noch nie etwas vom Knutsch-Spielplatz gehört. „Ich geh auch zum Spielplatz", sage ich. „Tschüss!"

Mudda schaut mir verdutzt hinterher. „Aber Lea!", höre ich sie rufen. „Was gibt es auf diesem Spielplatz denn Besonderes?"

Hoffentlich mein Buch, denke ich und stürze zur Tür hinaus. Im Laufen ziehe ich mir meine Jacke und meine Mütze über. Draußen schlägt mir eisiger Wind entgegen und ich frage mich nun auch ernsthaft, was Tim bei dieser Kälte auf dem Knutsch-Spielplatz will. Vor allem mit MEINEM Buch. Heute ist der 1. Advent! Die Zeit der Nächstenliebe beginnt, aber davon hat mein kleiner Bruder anscheinend noch nie etwas gehört. Als ich auf dem Spielplatz ankomme, ist erst mal niemand zu sehen. Nur ganz hinten in der Ecke steht ein einsames Pärchen, das trotz fieser Minusgrade genau hier knutschen muss. Aber der Troll ist anscheinend schon wieder weg. Na, toll. Oder er war noch nie da. Ihm traue ich auch zu, dass er Mudda anlügt und ganz woanders hingegangen ist. Zum Beispiel zu dir … aber soweit ich weiß, sind seine Fußballspiele immer samstags. Puh, und gestern hatte er das Buch zum Glück noch nicht.

Ich schaue mich noch mal auf dem kahlen Spielplatz um und will gerade wieder gehen, da höre ich Pups-Geräusche und ein Kichern. Das kommt von dem Klettergerüst mit der Rutsche. Als ich näher komme, traue ich meinen Augen nicht. Unter der Rutsche sitzt der Troll mit der Nuss Tammy. Und einer Tafel Traube-Nuss!

Tammy starrt mich ungläubig an und ich warte nur darauf, dass sie gleich wieder in ihr bescheuertes Lachen und Pupsen ausbricht. Neben ihr gluckst Tim vor sich hin. „Aber sie hat in letzter Zeit nicht mehr ihre Rate bezahlt, deshalb musste ich mich noch mal auf die Suche machen …"

Da schnellt Tammys Kopf zu ihm herum und ihre dünnen Fussellocken peitschen dabei einmal durch sein Gesicht. „Aua", entfährt es Tim verdutzt.

„Boa, bist du gemein!", sagt Tammy.

„WAS?" Tims Grinsen erstarrt. „Aber …"

Tammy lässt ihn nicht ausreden. „Wenn ich so einen fiesen Bruder hätte, der mein Tagebuch klaut, dann würde ich ihn auch hassen. Du bist … du bist …" Sie sucht nach einem passenden Ausdruck. „Ein Hutt!"

Mittlerweile habe ich es gegoogelt. Das ist eine ganz schön eklige Figur aus *Star Wars.* Was da im Internet über diese Figur geschrieben steht, passt auch hervorragend zum Troll:

„Die Hutten sind Kriminelle und Sklavenhändler, die sich am Elend anderer bereichern. Sie tun alles, egal wie abscheulich, wenn sie meinen, es würde ihnen einen Vorteil bringen oder ihre Schatztruhen füllen."

Aber ... Tammy ...

Jedenfalls guckt der Troll ziemlich betroffen.

Habe ich mal gesagt, dass ich dem Troll alles heimzahle, indem ich an meiner Hochzeit verkünde, was er Fieses gemacht hat? Diese Vorstellung war schon ganz gut. Aber das hier ist viel besser! Es ist, als würde ich es auf *seiner* Hochzeit kundgeben. Tammy krabbelt aus dem Versteck hervor und wischt sich mit dem Handrücken über ihren Mund. „Bäh, hätt ich dich doch nie geküsst." Und dann rennt sie einfach davon.

Der Troll sieht aus wie ein Häufchen Elend und ich bin kurz davor, Mitleid mit ihm zu bekommen. Aber ehrlich? Mitleid hat er nicht verdient. „Tja, wir Mädels halten am Ende eben doch alle irgendwie zusammen, merk dir das", sage ich schadenfroh. Dann fällt mir wieder ein, weswegen ich eigentlich hier bin. Was hat Tim vorhin gesagt? Meine komische Freundin? „Hat Paula etwa das Buch?", frage ich angstvoll. Ihr würde ich auch noch zutrauen, dass sie es dir gibt.

Der Troll schüttelt trotzig den Kopf. Er sieht aus, als würde er gleich heulen, während er aus der Höhle unter der Rutsche hervorkommt. „Nur dass du es weißt, ich hätte das Buch nie dem Jan gegeben!", sagt er und seine Lippen zittern dabei. „Pinky hat es!" Und damit haut auch er einfach ab. Vielleicht will er ja Tammy nachlaufen.

Perplex starre ich ihm hinterher. Pinky? Ich weiß nicht, ob ich mich freuen oder heulen soll. Wenn Pinky noch meine beste Freundin wäre, würde ich jetzt erleichtert aufatmen. Tausend Gedanken gehen mir durch den Kopf. Wieso hat Pinky mein Buch? Was hat sie überhaupt auf dem Knutsch-Spielplatz gemacht? O. k., die Frage ist leicht zu beantworten: Aber mit wem war sie hier zum Knutschen?

Und die allerwichtigste Frage: Wird sie das Buch lesen? Dir wird sie es nicht geben, das kann ich mir bei Pinky einfach nicht vorstellen …

O. k., es hilft alles nichts. Wenn ich mein Buch wiederhaben will, dann muss ich Pinky jetzt anrufen. Zitternd hole ich mein Handy aus meiner Jackentasche und wähle ihre Nummer. Nach so langer Zeit des Stillschweigens fällt mir das wirklich schwer. „Hallo, hier ist die Mailbox von Pinky – und wer bist du? Tuuut …"

Der ex-besten Freundin auf die Mailbox zu sprechen ist ungefähr genauso schlimm wie mit einem Jungen zu reden, den man mag.

Ich gebe es nur ungern zu, aber da ist irgendwo schon wieder ein Nashorn aktiv.

Ich räuspere mich, dann stammele ich los: „Hallo, äh, hier ist Lea. Der Troll behauptet, du hättest mein Tagebuch, also den Liebesbrief an Jan … also, ähm, ich weiß ja nicht, ob's stimmt, aber falls ja, ähm, könntest du mich dann bitte mal dringend zurückrufen?"

Hoffentlich bekomme ich dieses Buch bald zurück. Am besten verbrenne ich es dann. Ob ich dich auch anrufen soll, Jan? Nur so zur Vorsorge? Aber was könnte ich sagen? *„Falls du dieses Buch hast, sei ganz beruhigt: Es ist an einen ganz anderen Jan gerichtet. Ja, an einen Jan, der auch Wildemann heißt – lustig, was? Zufälle gibt's – die gibt's gar nicht. Das auf Facebook war ich übrigens auch nicht, sonst hätte ich* *doch wohl meinen Namen daruntergeschrieben.*" Ach, alles Mist, ich bin einfach nur blamiert bis auf die Knochen! Es ist eigentlich fast egal, ob du dieses Buch jemals zu Gesicht bekommst oder nicht.

Völlig durcheinander gehe ich nach Hause.

Eigentlich will ich jetzt nur noch schnell in mein Zimmer.

Aber als ich die Tür zu unserer Wohnung aufschließe, höre ich aus dem Wohnzimmer ein Riesengeschrei. Es kommt von Mudda und Papa. Dass Mudda sich öfters mal aufregt und rumschreit, ist nichts Neues. (Deshalb meditiert sie ja so häufig.) Aber von Papa kenne ich das eigentlich nicht. So richtig laut ist er allerdings auch nicht. Er hört sich eher an wie ein brodelnder Vulkan.

„Sonst stört es dich doch auch nicht, wenn dich jemand beim Meditieren unterbricht!", sagt er.

„Aber heute eben schon! Überhaupt, du störst mein ganzes Leben!", entgegnet Mudda hitzig. „Wie kannst du es wagen, jetzt mit so etwas anzukommen?!"

Ich betrete möglichst geräuschvoll das Wohnzimmer, indem ich die Tür aufreiße. Mudda und Papa fahren zu mir herum.

Was ist denn hier los?

Ich habe Mudda gesagt, dass ich sie noch immer liebe!

„Aber das ist doch schön!", sage ich.

„Ach ja?", ruft Mudda alles andere als erfreut. „Ich lasse mich jedenfalls nicht noch mal so einwickeln wie vor zwanzig Jahren."

„Einwickeln? Wer hat denn hier wen eingewickelt?", poltert Papa plötzlich los. „Du hast doch sofort unsere Horoskope gedeutet und …"

„Ja, und ich habe dich leider geheiratet, obwohl die Sterne ungünstig standen!"

„Aber damals hast du gesagt, das wäre dir egal!"

„War es ja auch, aber jetzt sehe ich, dass es ein Fehler war!"

„Aber wie kann es ein Fehler gewesen sein, wenn ich dich noch immer liebe?"

„Es geht eben nicht nur um dich!"

„Willst du damit sagen, dass du mich nicht mehr liebst?", fragt Papa und plötzlich ist es totenstill in unserem Wohnzimmer. Ich halte gespannt die Luft an. Das hier kommt mir vor wie die Eine-Million-Frage einer Quiz-Show und Mudda ist der alles entscheidende Joker. Wenn sie die richtige Antwort gibt, hat Papa alles gewonnen. Wenn nicht, stürzt er vermutlich ganz weit nach unten ab.

Mudda atmet tief durch. In meinem Kopf ertönt plötzlich Trommelwirbel. „Nein, das kann ich nicht", sagt Mudda. Mein Herz sackt zwei Etagen tiefer. „Ich meine, ich kann nicht sagen, dass ich dich nicht mehr liebe …" Mühsam klettert mein Herz wieder ein paar Stufen nach oben. „Aber was macht Liebe denn für einen Sinn, wenn man ansonsten total verschieden ist und sich gegenseitig nervt?"

„Müssen wir das vor Lea ausdiskutieren?", erwidert Papa jetzt. „Für sie ist der Streit bestimmt furchtbar."

Ich hebe beide Hände. „Nein, nein!", sage ich schnell und mache ein paar Schritte rückwärts auf die Wohnzimmertür zu. „Bitte streitet euch! Das fühlt sich jedenfalls echter an als das ganze verlogene Getue der letzten Wochen."

Mudda und Papa schauen mich verdutzt an. Jetzt habe ich die Türklinke erreicht und grinse die beiden hilflos an. „Ich wollte eh gerade in mein Zimmer, tschüss!" Und damit flüchte ich vor meinen Eltern.

Kaum bin ich draußen, geht der Krach drinnen auch schon weiter. Ich will gar nicht wissen, was die beiden sich noch alles gegenseitig an den Kopf schmeißen. Aber eins ist schon mal gewiss: Sie lieben sich immer noch. Und auch wenn sich der Streit dort drüben ganz anders anhört, macht mich das irgendwie glücklich.

Vielleicht kommen Mudda und Papa wieder zusammen. Vielleicht waren sie auch nie richtig getrennt. Ich liege in meinem Zimmer auf dem Bett, drehe Schnuffels Schlappohren in meinen Händen herum und komme nicht weiter in meinen Gedanken. Plötzlich klingelt mein Handy.

Mein Herz beginnt zu rasen. Mein Gott, ich fühle mich, als würdest du höchstpersönlich anrufen, Jan. Es ist nur Pinky, sage ich mir, schließe kurz die Augen und nehme dann das Gespräch entgegen.

„Ja?"

„Hallo, hier ist Pinky!", tönt es mir fröhlich entgegen. Sie klingt tatsächlich so, als hätten wir gestern zum letzten Mal miteinander geredet und als würde nichts, absolut nichts zwischen uns stehen. „Ich hab deinen Liebesbrief", sagt sie. „Musste ihn aus den Klauen des bösen Trolls retten!" Sie lacht. „Der ist ja echt fieser, als die Polizei erlaubt. Ich glaube, der wollte das Buch tatsächlich seiner kleinen Flamme da vorlesen. Aber keine Angst, das habe ich gerade noch verhindern können."

Ich atme auf. „Und du hast das Buch jetzt auch noch bei dir?", frage ich hastig. „Also, ich meine, du hast es nicht Jan gegeben oder so?" Am anderen Ende höre ich ein empörtes Schnaufen. „Natürlich nicht! Sag mal, was denkst du eigentlich von mir, Lea?"

Stille steht zwischen uns. Ich weiß gar nicht, was ich sagen soll. „Ich dachte, dass du vielleicht immer noch sauer bist, wegen der Sache mit Yasar auf deiner Party", sage ich leise.

Pinky lacht ungläubig. „Ich? Sauer? Ich dachte, du bist die ganze Zeit sauer auf mich!"

Ich schüttele heftig den Kopf, auch wenn Pinky das gar nicht sehen kann. „Nein, ich finde es total blöd, dass wir nicht miteinander reden. Und alles nur wegen Yasar! Ich will den gar nicht mehr, von mir aus kannst du ihn haben! Es tut mir voll leid, dass ich dir den nicht gegönnt habe."

Jetzt lacht Pinky noch mehr. „Dasselbe wollte ich auch gerade sagen. Yasar kann mir gestohlen bleiben. Ich habe nämlich gestern den tollsten Jungen überhaupt kennengelernt. Er heißt Gregor und hat die schönsten Hände auf der ganzen Welt. Das kannst du dir nicht vorstellen …"

Doch, kann ich. Wahrscheinlich betreibt Gregor Maniküre und benutzt Handcremes. Innerlich grinse ich. Das ist meine Pinky! Ich bin so froh sie wiederzuhaben. Die zwei Wochen ohne sie waren echt hart. Nachdem sie mir ausführlich von Gregor erzählt hat, berichte ich von meinem Debakel mit Paula und der Facebook-Mail an dich.

„Du hast die erste Regel gebrochen?", schreit Pinky hysterisch ins Telefon. „Oh nein, hättest du bloß mit mir gesprochen." Dann seufzt sie. „Aber wenn er daraufhin nichts gemacht hat, dann hat er wohl wirklich kein Interesse. Och, Mensch, Lea, das tut mir voll leid. Ich glaube, du musst ihn abhaken."

Ich schlucke. „Das versuche ich ja seit gestern", sage ich tapfer. „Aber es ist ganz schön schwer …"

„Du schaffst das!", sagt Pinky zuversichtlich. Und dann telefonieren wir noch über zwei Stunden weiter, bis mein Handy-Akku anfängt zu piepsen. Zum Abschluss verspricht Pinky noch, dass sie mir morgen das Liebesbriefbuch mit in die Schule bringt. Und dass wir ab morgen wieder nebeneinandersitzen. Als ich auflege, ist es auch in unserer Wohnung still geworden. Nur der Troll hat schlecht gelaunt seine Zimmertür hinter sich zugeschlagen, als er nach Hause gekommen ist.

Ich weiß nicht, wie der Streit zwischen Mudda und Papa ausgegangen ist, aber als ich Mudda in der Küche begegne, hat sie ganz rot glühende Backen und ihre Augen leuchten. Und als ich zurück in mein Zimmer gehe, um weiter an meinen Nashorn-Comics zu malen, tönt aus der Wohnung unter uns ein eindeutiges Lied herauf: „Love of my life" von Queen. Papa hat seinen Verstärker an die Gitarre angeschlossen und ist anscheinend wild entschlossen um Mudda zu kämpfen. Mich wundert's, dass er nicht einfach direkt in unserer Wohnung spielt. Aber die Zeichen stehen ganz gut, finde ich. Manchmal sorgt ein Gewitter eben für frischen Wind! Ich fühle mich auf jeden Fall plötzlich wieder pudelwohl. Alles kann sich so schnell ändern. Mir ist, als wandele ich einträchtig mit meinen Nashörnern über eine schöne Blumenwiese. Wie kitschig!

Alles könnte so schön sein. KÖNNTE!

Pinky und ich tragen jetzt wieder unser Freundschaftsarmband. Paula und Julia staunen nicht schlecht, als sich Pinky heute wieder auf ihren alten Platz setzt und scheinbar alles so wie früher ist. SCHEINBAR!

Habe ich schon mal erwähnt, dass Pinky die kleinste Schultasche aller Zeiten hat? Das wird jetzt leider ausgerechnet mir zum Verhängnis. Denn mein Liebesbriefbuch passt in diese Tasche definitiv nicht hinein.

Das darf nicht wahr sein! Pinky wühlt tatsächlich in ihrer Streichholzschachtel von Handtasche, als könnte sie dort eine Miniaturausgabe meines Buches hervorzaubern. Ich kann nicht glauben, dass sie das Buch einfach zu Hause vergessen hat. Schließlich weiß sie doch, wie wichtig es mir ist.

Da streckt Pinky ihre Nase aus ihrem Täschchen hervor und lacht. „Reingefallen! Ich hab nur Spaß gemacht. Natürlich hab ich es mitgebracht."

Ich atme auf. „Jetzt fängst du auch schon an wie Julia", knurre ich kopfschüttelnd, aber mit einem Grinsen im Gesicht. „Los, wo hast du das Buch?"

„Hier, warte." Pinky greift unter ihre Bank, doch plötzlich erstarrt sie. Ihre Hand tastet wild unter der Bank umher … „Das gibt's doch nicht!", murmelt sie und beugt sich nach unten.

„Pinky, lass den Scheiß, jetzt ist es echt nicht mehr witzig", sage ich, aber ich habe auf einmal ein sehr, sehr ungutes Gefühl.

Pinky sucht mittlerweile den Boden ab. Also, wirklich! Wenn das Buch dort liegen würde, hätte ich es doch längst gesehen. Panik steigt in mir auf. „Pinky, sag, dass das nicht wahr ist!", flüstere ich.

Mit kreidebleichem Gesicht schaut Pinky unter dem Tisch hervor. „Ich bin mir ganz sicher, dass ich es unter die Bank gelegt habe. Lea, ich mach keinen Spaß mehr. Es tut mir voll leid."

Ich schlage die Hände vors Gesicht. DAS ist mein UNTERGANG! Denn wenn Pinky das Buch unter ihren Tisch gelegt hat, es sich dort aber nicht mehr befindet, dann bedeutet das: Irgendjemand hat es geklaut! Und dieser Jemand kann nur aus unserer Klasse sein. Die erste Stunde hat nämlich noch nicht mal angefangen und vor uns war niemand in der Klasse. Pinky sieht sich um. Fast alle unsere Klassenkameraden sind jetzt da. „O. k., wer von euch hat das BUCH?", fragt sie laut. Ich möchte am liebsten im Erdboden versinken.

„Du liest Bücher?", tönt Kröten-Caro überheblich.

„Welches Buch?", fragt Chris.

Die beiden kommen für mich klar in die engere Auswahl. Aber es gibt auch noch andere in unserer Klasse, die extrem neugierig sind und sich ein Tagebuch ganz sicher nicht durch die Lappen gehenlassen. Vor allem kein Liebesbrieftagebuch.

„Derjenige, der es hat, weiß genau, was ich meine", sagt Pinky mit fester Stimme. Sosehr ich sie dafür verfluche, dass sie das Buch unbeaufsichtigt gelassen hat – ich bin ihr unendlich dankbar, dass sie nicht hinausposaunt, um welches Buch es genau geht.

Paula und Julia haben das Buch nicht. Die würden sofort knallrot anlaufen und alles gestehen. Vermute ich zumindest. Oder? Mein Herz schlägt bis zum Hals, aber natürlich meldet sich kein ehrlicher Dieb.

„Das ist so gotterbärmlich gemein!", stößt Pinky jetzt so wütend hervor, dass ich fast ein wenig Angst bekomme. Sie sieht aus, als würde sie sich im nächsten Augenblick auf sämtliche Schultaschen dieser Klasse stürzen, um sie nach meinem Buch zu durchwühlen.

Da betritt Frau Sauerwein das Klassenzimmer. Unter den Arm hat sie die Dezember-Ausgabe der Schülerzeitung geklemmt und ihr *Guten Morgen* klingt alles andere als freundlich.

Pinky wirbelt zu ihr herum. „Frau Sauerwein, wie gut, dass Sie da sind!", sprudelt es aus ihr hervor. „Jemand hat mein Buch, also mein Tagebuch …" Wie süß, jetzt behauptet Pinky sogar, es sei ihr Tagebuch. Aber derjenige, der es hat, wird ja leider schnell bemerken, von wem es wirklich ist.

„Pinky!", unterbricht Frau Sauerwein sie harsch. „Regelt eure kindischen Angelegenheiten bitte untereinander! Ich will davon nichts wissen!"

Und dann schreibt Frau Sauerwein doch tatsächlich einen unangekündigten Grammatiktest mit uns! Alle stöhnen und Pinky sieht mich nur mit offenem Mund an. Wow, schlimmer kann ein Montagmorgen echt nicht anfangen! Danke, Leben, dass du ungefähr zwölf Stunden lang schön warst, von denen ich acht verschlafen habe. Hätt ich das gewusst, hätt ich die Nacht durchgemacht. Die Note meines Tests wäre dadurch auch nicht schlechter geworden, vermute ich.

Später weiß ich, warum Frau Sauerwein so mies drauf ist. Die Schülerzeitung hat eine Umfrage gemacht, wer von den Lehrern den Preis für mehr Engagement an der Schule erhalten soll. Das Ergebnis ist in der Dezember-Ausgabe abgedruckt. Fast alle Lehrer sind abgebildet und bewertet worden. Wo sie wohl diese Fotos herhaben? Frau Sauerwein hat jedenfalls miserabel abgeschnitten.

Ich schätze mal, die Umfrage ist gefälscht, zumindest habe ich nichts davon mitbekommen und auch ansonsten ist in unserer Klasse niemand befragt worden. Aber Chris will sich nicht dazu äußern.

Sollen diese Lehrer den Preis für mehr Engagement bekommen?

Frau Sauerwein

weil die Girl-&-Boy-Power-AG toll ist

Ja 0,2 %
Nein 99,8 %

Frau Müller

weil sie uns in Ruhe lässt

Ja 100 %
Nein 0 %

In der Theater-AG ist Frau Sauerwein immer noch schlecht gelaunt. Sie schreit die ganze Zeit herum, weil nichts klappt. Frau Müller versucht sie zu beruhigen, aber ich schnappe nur im Vorübergehen auf, wie Frau Sauerwein übellaunig zu ihr sagt: „Das habe ich wirklich nicht verdient! Und du auch nicht."

Als Kröten-Caro Elsa am Flügel zieht (weiß der Himmel, warum sie das macht), zetert Elsa hysterisch los und ich kann sie kaum halten. Ich bin sowieso völlig fertig wegen des Liebesbriefs. Gerade so bekomme ich meine zwei Sätze hingestottert und Frau Sauerwein macht mich an, weil ich so schlecht spiele wie noch nie. „Ihr seid die undankbarste Theatergruppe, die ich je hatte!", schimpft sie irgendwann. „Aber wisst ihr was? Mir ist es egal, ob die Premiere am Freitag ein Erfolg wird!" Das ist jetzt wirklich unfair. Auch wenn das Stück vor Anspruchslosigkeit nur so strotzt, geben sich ja wohl alle Mühe. Aber je näher die Aufführung kommt, desto schlimmer wird die Aufregung.

Ich will einfach nur mein Buch zurück! Wenn ich nur wüsste, wer es hat. Kröten-Caro schaut mich ein paarmal komisch an, aber ansonsten ist sie wie immer. Was würde sie wohl machen, wenn sie das Buch hätte? Würde sie es dir geben? Ich möchte gar nicht darüber nachdenken …

Als ich heute Mittag aus der Schule heimkomme, liegt auf meinem Schreibtisch eine Tafel Weiße Crisp. Meine Lieblingssorte. Daneben der Zettel.

Grinsend schreibe ich darunter:

O. k.! Aber du solltest dich dringend mal nach einer Deutsch-Nachhilfe umschauen …

Ich habe keine Lust, dem Troll länger böse zu sein. Er hatte zwar seinen Spaß, und das, was er getan hat, war die fieseste Kleine-Bruder-Nummer aller Zeiten. Aber seine Strafe ist hart genug. Ich glaube, er leidet richtig darunter, dass Tammy nichts mehr von ihm wissen will. Vielleicht kann er jetzt ja auch nachvollziehen, wie es mir mit dir ging, Jan.

Mudda und Papa haben Tim und mir heute eröffnet, dass sie es noch einmal miteinander probieren. ENDLICH! Ich dachte schon, das wird vor Weihnachten nichts mehr. Sie suchen sich jetzt eine Eheberatung. Mann, wer hätte gedacht, dass Mudda, die Lebensberaterin, mal selbst eine Beratung braucht …

Das Buch ist immer noch nicht aufgetaucht. Es ist aber auch sonst nichts passiert. Pinky hat noch mal vor versammelter Klasse gedroht, dass es dem Dieb sehr schlecht gehen wird, wenn sie ihn ausfindig gemacht hat. „Und ich finde ihn, verlasst euch drauf!", hat sie am Ende wütend ausgestoßen.

Ich könnte einfach nur die Krise kriegen!

In der Pause hatte ich plötzlich das schlimme Gefühl, dass du das Buch haben könntest. Wir sind uns nämlich auf dem Schulhof über den Weg gelaufen – und da hast du nicht „Hallo" gesagt, du hast auch nicht gelächelt, nein, du hast WEGGESCHAUT – und zwar EXTRA! Seitdem absolviert wieder irgendein Nashorn ein zusätzliches Boxtraining in meinem Bauch.

Morgen ist außerdem die Premiere. Heute war unsere Generalprobe und zum Glück ist endlich mal fast alles glattgelaufen. Ich konnte nur wieder im entscheidenden Moment nicht heulen. Da hat Kröten-Caro einen voll gemeinen Spruch abgelassen, von wegen, ich solle einfach kurz vorher in den Spiegel schauen, dann kämen die Tränen schon von selbst. Zuerst war ich total überrascht, weil es überhaupt nicht Caros Stil ist, so direkt beleidigend zu sein. Doch dann hat es plötzlich Klick gemacht.

Natürlich – sie hat das Buch!

Kröten-Caro hat außerdem noch ein Wort, nur ein einziges, zum Abschied zu mir gesagt und das hat mir alles bestätigt. Sie sagte: „Quak!", und streckte mir die Zunge raus. Dann stieg sie in den Porsche ihres Vaters, der mit quietschenden Reifen davonbrauste. Wie gelähmt starrte ich dem Wagen hinterher.

Das darf alles nicht wahr sein!

Jetzt weiß Kröten-Caro nicht nur, dass ich in dich verliebt bin, Jan – nein, sie weiß auch, wie ich über sie denke: Das ist eine KATASTROPHE!!!

Wie du siehst, habe ich mein Buch wieder, Jan!

Das mit dem *Quak* hätte Kröten-Caro besser nicht gemacht. Leider habe ich Pinky erst gestern Abend erreicht, weil sie mit Gregor unterwegs war. Aber als ich ihr die neueste Neuigkeit erzählt habe, war sie so stinksauer, dass sie am liebsten sofort losgerannt wäre, um Kröten-Caro zur Rede zu stellen. Sie wohnt nämlich nur ein paar Straßen von Pinky entfernt in einer prachtvollen Villa.

Ich konnte Pinky allerdings überzeugen, dass sie vielleicht besser nicht um zehn Uhr abends wie Catwoman dort auftauchen sollte.

Deshalb haben wir bis heute Morgen gewartet und haben Kröten-Caro noch vor dem Unterricht abgepasst. Pinky hat sie etwas unsanft am Arm gepackt und auf den Schulhof zu unserer Graffiti-Mauer gezerrt. Da ist um diese Zeit noch nichts los. „Au, du tust mir weh!", jammerte Kröten-Caro. Pinky sah sie so böse an, dass selbst ich ein bisschen Angst bekommen habe.

Kröten-Caro räuspert sich verlegen. „Äh, weiß nicht!"

„Willst du mich verarschen?!", brüllt Pinky jetzt so laut, dass ich mir schon Sorgen mache, ob nicht doch irgendwelche Lehrer es mitbekommen könnten.

Jetzt lächelt Kröten-Caro hochnäsig. Anscheinend hat sie kapiert, dass Pinky ihr niemals Gewalt antun würde. „Wisst ihr was? Dieses Buch ist das Allerletzte. Und wenn ihr denkt, dass es mir etwas ausmacht, dass so widerliche Mädchen wie ihr so über mich reden, dann habt ihr euch geschnitten. Aus jeder Zeile über mich spricht doch nur der pure Neid!"

„Das Buch!", sagt Pinky jetzt nur noch und ihr rechter Fuß pocht *tock, tock, tock* auf dem Boden, während sie fordernd ihre Hand aufhält.

„Ich habe das Buch nicht", sagt Kröten-Caro.

„WER DANN?" Ich weiß nicht, wie lange Pinky ihre Ungeduld noch zügeln kann.

„Keine Ahnung. Wahrscheinlich der Jan."

„Was?", bricht es aus mir heraus. „Du hast es ihm gegeben?", flüstere ich fast tonlos.

Kröten-Caro schüttelt den Kopf. „Natürlich nicht! Meinst du, ich bin so bescheuert und spiele auch noch Briefträgerin für dich? Nein. Am Mittwoch hatte ich das Fotoshooting bei Frau Wildemann. Um mir die Wartezeit etwas zu verkürzen, hatte ich dein Buch mitgenommen. Ich hätte mir allerdings denken können, was für krankes Zeug du da reinschreibst. Nashörner! Die passen wirklich gut zu dir, Lea Kirchberger, denn du bist genauso ein Trampel ..."

„Warum hast du das Buch Frau Wildemann gegeben?", unterbricht Pinky sie finster.

„Hab ich ja gar nicht. Während ich geschminkt wurde, hat sie es einfach genommen. Leider hat sie ziemlich schnell festgestellt, dass es an ihren Sohn gerichtet ist und ich nicht die Absenderin bin …"

„Aber das ist ja unmöglich von Frau Wildemann, einfach so in fremden Tagebüchern zu lesen!", ruft Pinky jetzt empört aus.

„Finde ich auch", nickt Kröten-Caro. „Aber natürlich habe ich nichts dazu gesagt, als sie meinte, dass sie das jetzt mal besser behält. Schließlich hatte ich das Fotoshooting ja noch vor mir."

Das ist so typisch Kröten-Caro! Wahrscheinlich hat sie deiner Mutter noch was vorgeheult, dass sie auch nicht weiß, wie das Buch zu ihr kam, oder so.

„Ich habe euch alles gesagt. Kann ich jetzt gehen?", fragt Kröten-Caro.

Pinky lässt sie los, als hätte sie soeben eine Mülltüte in die Tonne fallen lassen.

Kröten-Caro reibt sich den Arm. „Das werdet ihr noch bereuen!", zischt sie, bevor sie abhaut.

Ich fühle mich wie das unglücklichste Häufchen auf der ganzen Welt. Pinky sieht mich mitleidig an und versucht mich aufzumuntern. „Hey, vielleicht hat sie das Buch Jan gar nicht gegeben. Frau Wildemann war doch auch mal jung und sie weiß bestimmt, wie peinlich das für dich wäre."

„Und wenn nicht?"

„Soll ich mal in der Pause mit Jan reden …?"

„Nein!", rufe ich entsetzt. Das wäre ja noch viel peinlicher, wenn Pinky dich fragen würde, ob du zufällig mein Buch hast. Wenn, dann müsste ich das schon selbst tun. Aber das geht gar nicht. Dazu bin ich viel zu … na du weißt schon. „Wir machen nichts", entscheide ich. „Jan hat doch sowieso kein Interesse an mir. Und wenn er das Buch hat, hab ich mich halt jetzt endgültig bei ihm blamiert. Das passt einfach zu meinem gesamten Leben."

Pinky zuckt mit den Schultern. „Wenn du meinst."

Und dann kam die Premiere!

Ich war noch nie so aufgeregt wie an diesem Abend!

Unsere Turnhalle ist bis zum letzten Platz gefüllt und unter den knapp 300 Gästen sitzen nicht nur Mudda, Papa und der Troll, sondern auch Pinky mit Gregor und fast alle meine Klassenkameraden – und natürlich du! Und deine Mutter ist vermutlich auch da, um ein paar Fotos zu knipsen.

Kröten-Caro würdigt mich seit heute Morgen keines Blickes mehr und das ist für mich am besten so. Mittlerweile habe ich nämlich ein richtig schlechtes Gewissen, weil ich in diesem Buch so über sie gelästert habe. Ich meine, auch wenn sie eine Diva und arrogante Ziege ist, so hat sie doch wie jeder andere Mensch Gefühle, die ich nicht verletzen wollte. Deshalb habe ich ihr vorhin in der Garderobe heimlich noch einen kleinen Zettel in ihre Tasche gesteckt.

Liebe Caro,
es tut mir leid, dass ich so blöde Sachen über dich gesagt habe. Der Brief war ja nicht für dich bestimmt. Ich will versuchen in Zukunft nicht so schlecht von dir zu denken, sondern deine positiven Seiten zu sehen. Du bist eine tolle Schauspielerin.
Viele Grüße, Lea ✿

Pinky meinte zwar, das mit der Schauspielerin sei irgendwie zweideutig, aber ich fand meinen Brief gut. Wenn Kröten-Caro, ähm, ich meine Caro (ab jetzt will ich versuchen sie nur noch Caro zu nennen), die Entschuldigung nicht annimmt, habe ich zumindest alles versucht. Aber ich kann nicht weiter über Kröten-Ca… über Caro nachdenken, sondern muss mich für den Auftritt sammeln.

Trotz Schminke bin ich wohl ziemlich weiß um die Nase, denn Yasar streicht mir einmal kurz über die Wange. „Hey, du kriegst das hin!", sagt er aufmunternd. Ich bin mir da nicht so sicher. Alle meine Nashörner scheinen zu einem großen Nashorn zusammengewachsen zu sein, das schwer und träge in meinem Bauch liegt und sich nicht so einfach wegatmen lässt. Wir haben nämlich vorhin noch ein paar Atemübungen gegen die Aufregung gemacht, aber bei mir haben sie nicht besonders geholfen. Im Gegenteil, bei jeder Ausatmung musste ich daran denken, dass die Aufführung immer näher kommt.

Dann stehe ich mit den anderen hinter der Bühne und warte auf den Startschuss.

„Toi, toi, toi", wünscht Frau Sauerwein uns allen und schon geht der Vorhang auf.

Caro und Yasar spielen wirklich sehr gut. Ich habe also nicht gelogen, als ich Caro das Kompliment in den Brief geschrieben habe. Vereinzelte Idioten im Publikum lachen, als Frido zum ersten Mal auf die Bühne tritt und Caro ihm ihre Liebe gesteht. Er sieht einfach wirklich klein aus neben ihr. Aber auch er macht seine Sache sehr gut. Paula muss ihm nur einmal ein Stichwort aus der ersten Reihe nach oben brüllen.

Nach circa eineinhalb Stunden rückt meine Szene immer näher. Die Nashörner haben alle meine Körperfunktionen lahmgelegt. Ich kann weder klar denken noch atmen und ich bezweifle, dass ich gleich meine beiden Sätze laut und deutlich hervorbringen werde. Vom Heulen ganz zu schweigen. Das geht auf keinen Fall und ich hoffe, dass es im Eifer des Gefechts keinem auffallen wird.

„Lea, du bist gleich dran!", flüstert Frau Sauerwein hinter mir. „Wo hast du denn Elsa?"

Ach ja, Elsa! Ich habe das verrückte Huhn in seinem Käfig in der Garderobe gelassen, damit es noch ein bisschen Ruhe vor seinem Auftritt hat. Nervös gehe ich in die Umkleide, die zur Garderobe umfunktioniert wurde, und öffne vorsichtig den Käfig. Elsa gluckst leise. Sie scheint gut drauf zu sein. Es gab schon Tage, da ist sie aus dem Käfig nur so rausgeschossen. „Komm her, meine Kleine!", sage ich und nehme sie auf den Arm. Liebevoll streichele ich über ihr Gefieder, während ich die Garderobe verlasse. *Hier, Frobella, Ihr Lieblingshuhn,* gehe ich in Gedanken zum hunderttausendsten Mal meine beiden Sätze durch. Irgendwie schaff ich das, versuche ich mir Mut zu machen. *Soll ich auch das Schlachtermesser …* plötzlich gefriert mir das Blut in den Adern. Ich habe nicht damit gerechnet, dass jetzt, genau in diesem Moment, jemand um die Ecke biegen und auf unsere Umkleide zusteuern könnte. Und noch weniger habe ich damit gerechnet, dass derjenige du sein könntest. Und am allerwenigsten habe ich damit gerechnet, dass du mein Buch in der Hand halten würdest. Aber genau das ist der Fall. Wir stoßen fast zusammen und vor Schreck lasse ich Elsa los. Laut gackernd flattert sie den Gang entlang, natürlich weg von der Bühne. Du reißt die Augen auf. „Mist!", flüstere ich tonlos.

„Entschuldigung … das wollte ich nicht!", stammelst du. „Ich dachte, du bist längst auf der Bühne …"

„Ohne Huhn geht das schlecht", unterbreche ich ihn und haste hinter Elsa her. „Puttputtputt!", rufe ich, allerdings so panisch, dass es Elsa wohl kaum beruhigen kann.

„Warte, ich helfe dir!" Gemeinsam jagen wir Elsa nach. Oh Gott, in den Proben dauerte es manchmal eine Viertelstunde, bis wir sie eingefangen hatten. Bis dahin ist mein Auftritt vorbei. Tausend Gedanken gehen mir durch den Kopf. Was, wenn ausgerechnet ich die Premiere versaue, weil du mir im denkbar ungünstigsten Moment überhaupt das Buch zurückgeben willst? „Das darf nicht wahr sein!", keuche ich.

„Ich schneide ihr den Weg ab und dann drängen wir sie in die Ecke!", rufst du. Doch so einfach macht es uns Elsa nicht. Sie dreht sich um ihre eigene Achse und rast direkt zwischen uns durch den Gang zurück. Wenn das so weitergeht, ist sie früher als ich auf der Bühne. Oder sogar noch früher, als sie dran ist. Nein, ich will diesen Auftritt nicht versauen!

Endlich macht Elsa einen Fehler. Sie flüchtet in einen kleinen Nebenraum. Wir beide hinterher. Du schließt die Tür, damit Elsa nicht wieder entwischen kann. Und dann drängen wir sie doch in die Ecke und schließlich habe ich sie. Elsa zappelt auf meinem Arm und ich versuche sie mit einem weiteren „Puttputtputt" zu beruhigen.

Unsicher stehen wir uns gegenüber. Irgendeiner von uns beiden sollte jetzt mal was sagen, findest du nicht? Da du keinerlei Anstalten machst, fange ich mal an.

„Die Mail … äh, also, vergiss die einfach, ja? Ich wollte die gar nicht schreiben, hab ich auch nicht, also …"

„Schon gut", unterbrichst du mich. „Ich wusste eh nicht, was ich damit anfangen soll."

Verlegen drehst du das Buch in deinen Händen. „Ich wollte dir das in die Umkleide legen, während du auf der Bühne bist."

Also, wirklich, du hast Ohren so rot wie Himbeeren und behauptest, nicht den Inhalt dieses Buches zu kennen? Du nickst. „Meine Mutter hat es mir gegeben. Sie meinte, dass du mir wohl einen langen Brief geschrieben hast, den aber Caro bei sich hatte. So ganz bin ich daraus nicht schlau geworden. Jedenfalls dachte ich mir, dass du bestimmt nicht willst, dass ich den Brief lese. Sonst hättest du ihn mir wohl persönlich gegeben, oder?" Du lachst scheu und ich weiß nicht, was ich sagen soll. Das hier ist doch ein Traum, oder? Stehe ich wirklich so nah vor dir in einem winzigen Raum und niemand weiß, wo wir sind? Meine Nashörner haben sich in weiße Wattewolken gehüllt und … „Lea!" War das gerade Frau Sauerwein? Plötzlich höre ich dumpf einen Satz, den Caro vermutlich geradezu über die Bühne brüllt: „Wollen wir uns nicht endlich küssen?"

Oh Gott! „Wollen wir uns nicht endlich küssen!", wiederhole ich heiser. Das ist mein Einsatz. Ich muss auf die Bühne.

Dein Gesicht wird plötzlich feuerrot, doch bevor ich aus dem Raum hinausrennen kann, legst du deine freie Hand an meine Wange. Und dann küsst du mich. DU KÜSST MICH!!! Zwischen uns ist nur noch die glucksende Elsa. Ich schwebe zusammen mit meinen Nashörnern durch die Wolken. Das muss ein Traum sein, es ist einfach zu schön, um wahr zu sein.

Du lässt mich los. „Ich lege das Buch in deine Tasche in der Umkleide, o. k.?", sagst du lächelnd und ich kann nur nicken, denn ich kriege keinen Ton heraus.

Da dringen plötzlich undeutliche Sprechchöre durch die Wände, die immer lauter werden: „Lea, Lea, Lea …" Ist das etwa das Publikum?

„Ich glaube, du solltest jetzt auf die Bühne!", sagst du plötzlich grinsend. „Viel Glück!"

Ich erwache aus meinem Traum und jetzt nehme ich wirklich die Beine in die Hand. Als ich die Tür aufreiße, pralle ich direkt gegen Frau Sauerwein. „Was machst du denn in der Besenkammer?", schreit sie hysterisch. „Du solltest seit acht Minuten auf der Bühne sein!" Auf einmal entdeckt sie dich. „Das glaub ich jetzt nicht!", stößt sie fassungslos hervor, aber dann fehlen auch ihr die Worte. Ich lasse euch beide einfach stehen und renne mit Elsa im Arm zur Bühne. Die Sprechchöre werden immer lauter, jetzt klatscht das Publikum auch noch rhythmisch dazu. „Lea, Lea, Lea …" Atemlos stolpere ich das kleine Treppchen zum Vorhang hinauf, und als ich auf der Bühne ankomme, brandet erst mal ohrenbetäubender Applaus auf. Verwirrt blinzele ich in das Scheinwerferlicht. Ich bin ein STAR! Holt mich hier

raus, müsste ich eigentlich auch noch denken, aber gerade macht mir mein Auftritt nichts, wirklich rein gar nichts aus. Meine Nashörner sind ja auch in den siebten Himmel abgehoben und haben keine Zeit, mich durcheinanderzubringen. Mit lauter, klarer Stimme sage ich meine beiden Sätze: „Hier, Frobella, Ihr Lieblingshuhn! Soll ich auch das Schlachtermesser holen?" Dazu vergieße ich noch ein paar Glückstränen, doch das merkt keiner, denn schon wieder ernte ich begeisterten Applaus. Frobella-Caro entreißt mir wütend das Huhn. „Danke, du kannst gehen!", sagt sie eine Spur zu streng und ich trete ab.

Der Rest der Premiere läuft glatt, doch davon bekomme ich nichts mehr mit, denn ich darf mir hinter der Bühne eine Standpauke von Frau Sauerwein anhören. „Wie konntest du nur, Lea? Statt auf der Bühne zu sein, bist du mit Jan in der Besenkammer! Was habt ihr denn da drin gemacht? Ach …" sie winkt ab. „Ich will es gar nicht wissen!"

Das ist auch gut so, ich hätte es ihr bestimmt nicht gesagt.

Als das Stück vorbei ist, rennen wir alle noch ein paarmal auf die Bühne. Der Applaus will gar kein Ende nehmen. Und obwohl ich wirklich die winzigste Rolle von allen hatte, bekomme ich noch ein paar Bravo-Zurufe extra. Ich habe das Gefühl, es sind sogar mehr als bei Caro. Obwohl die wirklich mit Abstand am besten gespielt hat, das muss ich neidlos anerkennen. Leider genügt Caro das überhaupt nicht.

Als wir in der Garderobe sind, kommt sie wütend auf mich zu. Oh nein, sie hat jetzt schon den Zettel in ihrer Tasche entdeckt. „Wenn du glaubst, dass ich so einen Schmierzettel als Entschuldigung akzeptiere, hast du dich geschnitten!", kreischt sie. „Du bist das Allerletzte, Lea Kirchberger, mir auf so hinterhältige Weise meinen Auftritt zu ruinieren! Ab jetzt herrscht Krieg zwischen uns!" Und damit zerknüllt sie den Zettel und wirft ihn mir direkt vor die Füße. O. k., sie hat es nicht anders gewollt: Ab jetzt heißt Caro wieder Kröten-Caro!

Die anderen versuchen sie zu beruhigen und Yasar legt den Arm um mich. „Nimm es dir nicht zu Herzen", sagt er. „Das ist jetzt noch das Bühnen-Adrenalin, das nachwirkt. Die regt sich schon wieder ab." Da bin ich mir nicht so sicher.

Aber es gibt Wichtigeres zu tun, als Gedanken an Kröten-Caro zu verschwenden.

Draußen vor der Turnhalle gibt es einen kleinen Umtrunk mit Sekt, O-Saft, Glühwein und Kinderpunsch. Und während Mudda und Papa mir stolz auf die Schultern klopfen, der Troll mir versichert, dass mein Auftritt zwar megapeinlich, aber auch übelst cool gewesen sei, halte ich Ausschau nach dir. Wo bist du denn? Paula und Frido laufen Händchen haltend durch die Menge und Julia redet mit Yasar. Bahnt sich da was an? Ein kleines Nashorn pikst mich ein letztes Mal, aber dann ist es auch wirklich gut. Ich glaube, Yasar und ich könnten tatsächlich Freunde werden. Pinky kommt mit Gregor auf mich zu. Sieht ja wirklich gut aus, ihr neuer Freund. Sehr gepflegte Hände. „Wow, Lea, einsame Spitze, was du aus der Nummer gemacht hast!", lacht Pinky und nimmt mich in den Arm. Schnell flüstere ich ihr ins Ohr, wie es zu der zeitlichen Verzögerung meines Auftritts überhaupt kam. Meine Nashörner schweben noch immer in den Wolken. Da grinst Pinky noch mehr und drückt mir einen Kuss auf die Wange. „Herzlichen Glückwunsch, das ist wirklich dein Abend!"

Und dann stehst du endlich vor mir. Mein Herz macht einen kleinen Sprung. „Ich musste mir von der Sauerwein ganz schön was anhören", sagst du grinsend und nimmst meine Hand.

„Ich auch!" Wir lachen beide.

„Deswegen habe ich sogar deinen Auftritt verpasst. Ich muss mir das Stück wohl bald noch mal anschauen", fügst du hinzu. Plötzlich steht deine Mutter neben dir und tätschelt dir den Arm. Du verdrehst ein bisschen die Augen und ich muss grinsen. „Ein glanzvoller Auftritt, Lea!", sagt sie lächelnd, dann wendet sie sich an dich. „Ich fahre jetzt. Kommst du? Oder möchtest du noch bleiben?"

Ich warte gespannt, doch leider schüttelst du den Kopf. „Ich komm gleich."

Deine Mutter verschwindet und du wirst ein wenig verlegen. Schließlich umarmst du mich. „Also dann … Bis demnächst, Lea."

O. k., küssen vor allen Leuten, vor allem vor Mudda, Papa und dem Troll, wäre mir jetzt auch zu viel geworden. Aber ich freu mich schon auf das Demnächst, Jan! Ich glaube, diesen Liebesbrief beende ich hiermit. Alles Weitere können wir uns dann ja *demnächst* erzählen.

Deine Lea

PS: Papa hat uns übrigens heute Abend noch gesagt, dass er wieder zu uns nach oben zieht. Juhu!
PPS: Ich bin ja sooooooooo glücklich!

Das verdrehte Leben der Amélie

Beste Freundinnen
€/D 13,99

Heimlich verliebt
€/D 13,99

Sommerliebe
€/D 13,99

Die Welt steht Kopf
€/D 13,99

Total beliebt
€/D 13,99

Camping, Chaos & ein Kuss
€/D 14,99

Auch als E-Book erhältlich

Preisänderungen vorbehalten

kosmos.de

KOSMOS

Irgendwo dazwischen

Kari Ehrhardt
Giraffen in Finnland
(E-Book inklusive)
288 Seiten
Klappenbroschur
ISBN 978-3-551-58277-5

Gefühlsduseleien sind nicht so Finns Sache. Sie hat genug damit zu tun, ihr Leben zwischen der Männer-WG ihres Vaters und dem Zwei-Frauen-Haushalt mit ihrer Mutter hinzubekommen. Außerdem versucht sie, sich in der Schule nicht zu sehr mit den Zicken anzulegen und ihrem ersten festen Freund gerecht zu werden, als sich ihre beste Freundin Collie in eine Internet-bekanntschaft verliebt. Was zunächst nach einer absurden Online-Beziehung aussieht, wird auch für Finn bald zur Feuerprobe ihrer Freundschaft mit Collie.

www.carlsen.de

Ein Modemärchen mit Herz und Witz

Sophia Bennett
Modemädchen, Band 1:
Wie Zuckerwatte mit
Silberfäden
272 Seiten
Taschenbuch
ISBN 978-3-551-31190-0

Sophia Bennett
Modemädchen, Band 2:
Wie Marshmallows mit
Seidenglitzer
320 Seiten
Taschenbuch
ISBN 978-3-551-31292-1

Sophia Bennett
Modemädchen, Band 3:
Wie Sahnewolken mit
Blütentaft
336 Seiten
Taschenbuch
ISBN 978-3-551-31334-8

Nonie ist verrückt nach Mode – und liebt ihre schrillen Outfits. Jenny ist auf dem besten Weg zur angesehenen Schauspielerin. Edie will die Welt retten – und hält Mode für oberflächlich. Dann ist da noch Krähe – das Mädchen aus Uganda ist unglaublich talentiert und entwirft atemberaubende Kleider. Doch gemeinsam können die Freundinnen wirklich Großes vollbringen.

Wenn Träume wahr werden

Sophia Bennett
Der Look
384 Seiten
Taschenbuch
ISBN 978-3-551-31481-9

Das kann nur ein Perverser sein, bestenfalls ein Verrückter, auf keinen Fall aber ein echter Modelscout! Schließlich hat er nicht Ava, sondern Ted angesprochen und ihr seine Visitenkarte in die Hand gedrückt. Ted, die flache Bohnenstange mit der buschigen Monobraue und der Vogelnestfrisur. Und ausgerechnet sie soll „den Look" haben? Dabei sieht doch eigentlich ihre Schwester Ava wie ein Filmstar aus. Trotzdem macht Ted einen Termin bei der Modelagentur. Denn Ava besteht darauf – und Ava ist krank. Und Ted würde alles tun, damit Ava sich besser fühlt ...

www.carlsen.de

In geheimer Mission

Ally Carter
Gallagher Girls, Band 1:
Spione küsst man nicht
304 Seiten
Taschenbuch
ISBN 978-3-551-31215-0

Die Gallagher Akademie für hochbegabte junge Mädchen ist alles andere als eine gewöhnliche Mädchenschule, denn hier werden die Top-Agentinnen von morgen ausgebildet! Doch was passiert, wenn sich ein Gallagher Girl in einen ganz normalen Jungen verliebt? Cameron „Cammie" Morgan beherrscht zwar 14 Sprachen, kann sich wie ein Chamäleon tarnen und CIA-Codes knacken, aber die Gallagher Akademie hat sie nicht auf das erste Herzklopfen vorbereitet. Als sie Josh trifft, wird ihr Leben komplett auf den Kopf gestellt ...

www.carlsen.de

Der beste Sommer meines Lebens

Carolyn Mackler
Sommer in New York
208 Seiten
Taschenbuch
ISBN 978-3-551-31332-4

Broadway, Times Square, Central Park – wer würde nicht gern in New York wohnen? Sammie allerdings könnte gut darauf verzichten. Doch als ihre Eltern eine Trennung auf Zeit beschließen, muss sie mit ihrer Mom in die Großstadt ziehen. Immerhin darf ihr geliebter Labrador Penny mit. New York ist echt das Letzte, findet Sammie. Doch dann trifft sie die schräge Phoebe. Und der stille Eli ist vielleicht doch gar nicht so ein Spinner, wie Sammie zuerst dachte. Irgendwie hat dieser Sommer in New York auch seine guten Seiten.

www.carlsen.de

Über den Wolken

Jennifer E. Smith
Punktlandung in Sachen Liebe
224 Seiten
Taschenbuch
ISBN 978-3-551-31257-0

Hadley graut schon seit Monaten vor diesem Tag: Sie muss bei der Hochzeit ihres Vaters Brautjungfer sein – dabei hat sie seine Verlobte noch nicht einmal kennengelernt. Zu allem Überfluss verpasst sie auch noch ihren Flug und sitzt für ein paar Stunden auf dem überfüllten New Yorker Flughafen fest. Doch dann trifft sie Oliver, den Jungen mit dem verwuschelten Haar und dem Puderzucker auf dem Hemd, der wie sie nach London fliegt. Hadley bleibt genau eine Fluglänge Zeit, um sein Herz zu gewinnen …

www.carlsen.de